公元787年,唐封疆大吏马总集诸子精华,编著成《意林》一书6卷,流传至今

意林: 始于公元787年,距今1200余年

小淑女 MiniMiss 出品

纯正+阳光+向上
为中国女生量身打造优质课外读物

我们是小淑女

优雅,聪慧,阳光,快乐,甜蜜,
勤奋,包容,恬静,浪漫,唯美,璀璨。
善解人意,才华横溢,从容淡定,
独立有主见,时常感恩,心怀美好。
爱学习,爱阅读,爱幻想,睿智有深度,独具品位。

意林励志·MiniMiss 荣誉出品
小MM品牌书系 · 淑女文学馆 · 公主天下系列 016
荡气回肠的古风浪漫小说，独属于公主们的传奇故事

宁羽心 ◎ 著

金城公主·簪花引 叁 大结局

长江出版社
CHANGJIANGPRESS

版权所有　侵权必究

图书在版编目（CIP）数据

金城公主：簪花引. 叁 / 宁羽心著.
— 武汉：长江出版社，2019.9
（意林·小淑女. 公主天下系列）
ISBN 978-7-5492-6666-1

Ⅰ.①金… Ⅱ.①宁… Ⅲ.①长篇小说–中国–当代
Ⅳ.① I247.5

中国版本图书馆 CIP 数据核字 (2019) 第 198588 号

金城公主·簪花引（叁）
Jincheng Gongzhu · Zanhuayin (San)

作　　者	宁羽心
出　　版	长江出版社
	（武汉市解放大道1863号）
选题策划	阿　朱
市场发行	长江出版社发行部
网　　址	http://www.cjpress.com.cn
责任编辑	陈　辉　罗紫晨
图书统筹	莫小西
特约编辑	杨　宁　张雅琴
绘　　图	满　月　Easiyu.羽
封面设计	胡静梅
装帧设计	王　宁
印　　刷	天津中印联印务有限公司
版　　次	2019年9月第1版
印　　次	2019年9月第1次印刷
开　　本	700mm×1000mm　1/16
印　　张	12
字　　数	210千字
书　　号	ISBN 978-7-5492-6666-1
定　　价	26.90元

版权所有　盗版必究（举报电话：027-82926557）
（如发现印装质量问题，请与印务部联系退换，电话：010 - 51908584）

目录 contents

- 001 ✦ 第一章　亦真亦假亦迷离
- 025 ✦ 第二章　世外桃源曰天眇
- 049 ✦ 第三章　略施小计惩奸人
- 071 ✦ 第四章　其人之道治其人
- 097 ✦ 第五章　琵琶声声泣中元
- 119 ✦ 第六章　依依惜别话珍重
- 141 ✦ 第七章　山雨欲来风满楼
- 163 ✦ 尾声　黄沙漫漫红绸伴
- 173 ✦ 篇外篇一　敢把真心作春泥
- 179 ✦ 篇外篇二　往事渺渺散芳华

一

"南有樛木,葛藟累之。乐只君子,福履绥之。"

天光微亮,少女的低语随着清风吹至耳畔。可莹从睡梦中醒来,看到帐帘的流苏正轻轻晃动,上面的淡绿小玉珠被光线照得清透可爱。

她一笑,伸手去摸那小玉珠。小玉珠凉润盈透,将她的五根手指衬托得如同白玉。

可莹一边把玩小玉珠,一边接了下句:"南有樛木,葛藟荒之。乐只君子,福履将之。"

"公主,您醒了?"帐帘外立即传来了少女急切的声音。接着,一只玉润白皙的手将帘子掀开。

玲珑满脸歉意,扶可莹坐起身来:"是不是我声音太大,吵了公主?"

"无妨,你做什么呢?"

"我在练字。许久不写,手都生了。"玲珑羞涩地说,"临淄王说我的字清瘦刚劲,隐有傲骨,非要我写两本字帖给他。"

说到这里,她红了脸颊:"临淄王也是抬举我,我的字摆不上台面,但答应了他,就得写好。"

可莹披了一件薄毡披风,稳步走到桌案前,看到桌上的字帖果然写得清癯刚劲,不由得赞叹:"你的字写的是好。"

几个月前,玲珑和临淄王李隆基一起扳倒了安乐公主,两人的关系也亲厚起来。恰逢青儿出嫁,玲珑无处可去,便代替青儿留在可莹身边。可莹也是这时才知道,玲珑自幼聪颖,有咏絮之才,便让她做了文墨女官。

再看字帖,还剩最后一句未写,可莹想起已经出嫁的青儿,不由得继续说:"南有樛木,葛藟萦之。乐只君子,福履成之。"

这是《诗经》里的一首诗,写满了对新人的祝福。可莹此时读来,想起远嫁的青儿,觉得十分应景。

"青儿也算是喜得良人,此生无忧了。"

可莹提笔蘸墨,将这首诗的最后一句写了下来。她和玲珑的字有相似之处，不分伯仲。

玲珑将字帖拿起来，端详了片刻，忽然笑了笑，"公主的字也精进不少，只是……"她眼珠调皮地转了转，"只是你写错了一处。"

"啊？哪里错了？"可莹面上一红，忙低头仔细看起来。果然，最后一个"之"字，居然少了最上面的一点。

可莹呆住了，仔细回想，刚刚她明明把那一点写上了……

"公主恕罪，是奴婢开的玩笑。"玲珑见她满脸懊恼，赶紧解释说，"公主刚才是把'之'字写全了的，只不过……"

"只不过什么？那一点究竟去哪里了？"可莹满心疑惑，"这写在纸上的东西，还能插上翅膀飞了不成？"

玲珑"扑哧"一笑："就是插上翅膀飞走了！"

少女的这一笑，天真烂漫。可莹在心里感叹，玲珑来自民间，确实是比青儿少了规矩，多了逗趣。她一把揪住玲珑，玩闹地胳肢她："不是飞走了，是你藏起来了，快拿出来！"

"公主饶了我吧，我这就拿出来！"玲珑来回躲避，差点儿笑岔了气。

可莹在旁边等着，看她如何将"之"字那一点弄回来。

玲珑将字帖平铺在桌案上："公主请看。"她用一只手轻轻扯动字帖边缘，只见字帖上某一部分在慢慢移动，一个墨黑色的点立即出现在纸上。

原来，这字帖是特制的，从上到下有多层，只要抽动边缘上的某一机关，就能让字帖最上面的字迹"消失"掉。

"原来是这样，真有趣。"可莹惊喜地将字帖拿在手里左右看，"这是谁做的？"

"是临淄王给我的。你还记得那个帮了我们的罗公远吗？"玲珑说，"这就是罗公远的杰作。"

这么一说，可莹记起来了。

据说，罗公远是江湖上数一数二的幻戏大师。上次他造出的月宫梅林的幻境，如梦似幻，亦真亦假，让使臣当场就吐露出自己所犯下的所有罪行。现在

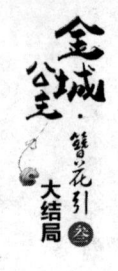

想起那一晚的美妙景象，可莹还有些恍然如梦。

"他现在是临淄王的亲信，经常在宫里给陛下皇后表演一些小戏法。听说明天的寿宴，他会压轴出场，表演戏法呢！"说到这里，玲珑兴奋得脸都红了。

可莹目光悠悠，望向窗外："如此说来，是挺让人期待的。"

区区一个小字帖，都能带有如此复杂的机关。放眼天下，也只有罗公远能做得到了。

皇帝寿宴是宫里的大事，群臣和众妃前来恭贺，一直热闹到晚上。晚宴比白日清静，只有皇后携众妃、众王爷和公主们参加，相当于家宴。

虽然规矩比白日里要松泛，但是可莹硬挺了一天，腰酸背痛，坐在席位上还是累得慌。

歌舞还在继续，舞女们伸出白皙修长的胳膊，在空中随意一摆，就带起阵阵甜腻的香风。可莹被这香风一熏，加上后背已经僵痛酸麻，眼皮顿时上下打架，几乎立即要睡过去。

没想到，她刚打了个瞌睡，就听到玲珑在身后提醒道："公主，淑妃娘娘在看您。"

可莹打了个激灵，一抬头，果然看到淑妃在对面盯着自己。她今日内穿大红云锦宫裙，一朵芍药造型的绣花盛开在胸前，又与她额心的一抹红妆遥遥相对，格外妖艳动人。

见可莹在看自己，淑妃悠然移开目光，好像什么也没有发生过。

不知道为什么，可莹总觉得心里"咯噔"了一下，感觉似乎有大事要发生。可是放眼望去，歌舞升平，朱红宫灯将黑夜照得亮如白昼，入耳的全是丝竹声乐与道贺欢笑，哪里有要掀起波澜的迹象呢？

正想着，一名宫女迤迤然走过来："公主殿下，八皇子让我把这个给您送来。"

她手里是一只托盘，托盘里放着一只玉碟，碟里盛满了红如玛瑙的葡萄。那是从西域来的贡品，颗颗甘甜，汁美肉厚。

可莹扬起目光，看到李轻羽坐在另一边的席位上，正眉目含笑地望着她。他一手端着酒杯，一手扶在盘起的腿上。和她目光对接后，李轻羽抬了抬手中的酒杯，然后仰头一饮而尽，姿态优雅，天生一股清贵风流的仪态。

可莹会心一笑，拈了一颗葡萄放入口中，入口甘甜凉润，头脑也清醒了

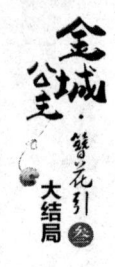

许多。

她心里很清楚,他是借这个机会提醒她,不要失仪。

安乐公主彻底失宠,皇帝已经几个月没有召见她,就连寿宴也没有恩准她参加。韦皇后自然收敛许多,消了许多气焰,多了些低眉顺眼的柔顺。然而,在这红墙绿瓦的深宫里,对手示弱并不是一件好事,可能预示着新一轮的反扑。

何况,还有立场不明的淑妃。

但是,她不怕。

就算在这宫里,步步锦绣步步成灰,她也不会退让半分。因为只要有他在,她就心安。

可莹这样想着,忽然听到皇帝朗声笑道:"歌舞就罢了,年年都看,都没个新鲜劲儿,罗公远呢?不是说他要献技吗?"

李隆基从席间站出来,恭敬道:"回禀陛下,罗公远就在殿外,正准备为您献上幻戏。"

皇帝龙颜大悦:"让他进来。"

李隆基点头,拍了拍手,从殿外阔步走进来一名器宇轩昂的男子,正是罗公远。上次见他,一身仙风道骨的模样。这次他剃去胡子,换了一身富贵华服,气质风度顿时不同。

映着宫灯,他眉飞入鬓,面如白玉,将众人的目光都吸引了过去。这样的人若在江湖,定是侠客;若在勾栏,定是诗仙;若在华舍,定是一等一的富贵公子。

可莹正在心里赞叹,忽然听到一声不屑的嗤笑:"不过是个道士,临淄王天天和他混在一处,不好吧?"

说话的人是淑妃,她斜起上扬的眼角,轻蔑地打量着罗公远。

可莹不由得惊讶。淑妃向来温婉大方,举止得体,能在大庭广众之下当面发难，还是头一回。

"淑妃娘娘，本王平生没有什么志向，只想过上闲云野鹤的生活。跟道士混在一处，没什么奇怪的。"李隆基微微一笑，坦然地回答道。

"行了行了，不就是个乐子，说那么多做什么。"皇帝不咸不淡地说。

淑妃起身一礼："陛下，臣妾也是担心临淄王玩物丧志，耽误国事，毕竟天下事才是大事。"

皇帝扬了扬手："知道了，朕了解临淄王，他绝对不是那种浪子王爷。行了，罗公远，你开始表演吧！"

罗公远答应一声，高声道："陛下，臣第一个要表演的戏法是隔空取物。"他往席间看了一圈，目光最后落在可莹身上，"臣站在这里，不会挪动一步，就能取了金城公主面前的葡萄。"

"啊？"可莹一怔。她和罗公远之间足足有十步远，他的手能有多长，能把她的葡萄给取走？

众人顿时来了兴趣。

李轻羽眯了眯眼睛，懒洋洋地说道："罗公远，那葡萄是我送给皇妹的，你要取可以，但是不能取完，要把最红的留给我皇妹。你能做到吗？"

这更是难上加难！

这串葡萄上，大概有一半是红中带青。要取走青葡萄，留下红葡萄，这简直是匪夷所思。

没想到，罗公远不慌不忙地答道："可以，而且——"他故意拖长了声音，"我不会在葡萄上蒙布。"

殿内顿时一静，众人眼睛一眨不眨地看着罗公远，生怕错过了什么细节。只见他向皇帝行了一礼："陛下，若是可以，那臣这就开始表演了？"

"请吧。"皇帝挑眉，明显兴趣大增。

罗公远看向可莹，目光深邃平静。可莹猛然有一种奇怪的感觉，只觉得那

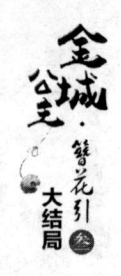
双眼眸里,纵然潭水至清,却让人完全看不到水底。

她只觉得眼前飞过一道影子,恍惚阵阵,忍不住抬手扶了扶额头。然而就在下一刻,她睁大了眼睛——

面前的那盘葡萄,明显少了许多,而且只剩下红葡萄,青葡萄不见了!

"啊!"席间发出了此起彼伏的喊声,"这不可能!"

"刚才青葡萄还在呢!怎么这会儿不见了?"

"苍天在上,我根本没看清楚……"

皇帝也瞪大双眼,不可思议地看着罗公远。罗公远还是那副淡定自若的神情,将手从袖子里伸出,翻转,掌心向上,露出了一把青葡萄。

"啊!居然……"德妃惊叫起来,"真的是隔空取物,青葡萄在罗公远手里啊!"

"啪啪啪!"李隆基拊掌。

众人这才恍然回神,纷纷鼓掌附和,赞叹声不绝于耳。可莹也投去了钦佩的目光:"真是技艺惊人,想不到世间还有如此绝技!"

只有淑妃摇着扇子,似笑非笑望着殿内,忽然幽幽地来了一句:"金城公主,你难道不用验证一下,你面前的葡萄还能吃吗?"

"回禀淑妃娘娘,儿臣方才看得真切,这葡萄在我面前没被谁动过。"可莹还以为淑妃怀疑自己和罗公远里应外合,忙回答道。

淑妃唇边弯起意味深长的笑容:"不是,我是想着,你不如吃一颗试试看。要不然谁知道那葡萄是真是假呢?"

可莹心中不满,却不好当场辩驳,便伸手去拿葡萄。然而手刚伸出去,她就愣住了。

她只能看见葡萄在面前,却摸不到!

难道是蜃景?

传说旅人在沙漠中,经常会看到绿洲,然而真的走到跟前,绿洲却不见了。后来才知道,那些绿洲都是千里之外的景象,却莫名被投射到了沙漠中。

没想到，罗公远居然用蜃景的原理，将葡萄的虚像呈现到她面前。

那些令人垂涎的红葡萄，像海市蜃楼般，只有景象，没有实体。若是在平常，她早就失声惊叫了……

可是那样的话，罗公远就露馅了！

情势已经不容她思考太多，可莹很自然地收回手，摸了摸嗓子："可是，儿臣在表演前已经吃了一颗，齁甜齁甜的，这会子得喝口水润润嗓子。"

说着，她扭头看向玲珑。

玲珑心领神会，立即递上一碗清水："公主请用。"然而她一个趔趄，水碗倾倒，眼看就要泼到可莹的宫裙上。

"公主小心！"罗公远身姿如豹，闪电般冲了过去，将水碗劈手夺过。那清水在碗中晃了几晃，溅起些许水花，终究没有泼洒出去。

玲珑吓得赶紧求饶："陛下，公主，我不是故意的……"

"罢了，陛下今日寿辰，哪里会计较你这小小过错。"可莹适时扶起玲珑，回头对皇帝娇俏一笑："是吧，父皇？"

"那是自然。"皇帝龙颜大悦。

可莹甜甜谢恩："谢父皇，那儿臣就应淑妃娘娘的请求，吃一颗葡萄了。"说着，她喝了口清水，然后对葡萄伸出手去。

这一次，她摸到了冰凉的葡萄。

可莹掐下一颗放入口中，轻轻咀嚼起来。然后，她站起身，对皇帝盈盈拜了拜："回禀父皇，这葡萄爽口清甜，并无不妥。"

淑妃脸色一僵，冷笑连连。

皇帝没注意这些，对罗公远露出了赞赏之情："没想到罗公竟然有如此绝技，是我大唐一绝！赏黄金百两！"

罗公远跪地谢恩领赏，道："谢陛下赏赐，不过，臣还有一个技法要表演，是临淄王特意要求臣连日排练，为陛下贺寿的。"

"哦？"皇帝目光温和地望向李隆基，"临淄王有心了。"

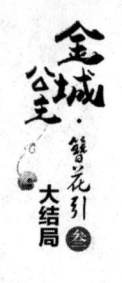

临淄王回答了什么,可莹已经听不到了。她脑子里有些乱,下意识地望向李轻羽。李轻羽也是微微蹙眉,右手在桌案上有规律地敲着。

可莹心中顿时明白,李轻羽也看出了问题所在。

就在刚才,罗公远的幻戏骗过了所有人,唯独没有骗过三个人:一个是她,一个是李轻羽,另一个就是淑妃。

隔空取物,在一瞬间将青葡萄摘走,留下红葡萄,这表面上看只有神仙才能做得到。但罗公远虚晃一招,成功完成了偷梁换柱的把戏——

那盘葡萄,其实在罗公远刚入大殿的时候,就被偷走了。

当时,罗公远入殿,所有人的目光都集中在他身上,根本没人注意到那盘葡萄被人偷走,包括可莹。

而之后,那盘子上面的葡萄是一种虚像,只能看见,却摸不着。当所有人盯着那盘"葡萄",等待罗公远表演的时候,根本没发现,这个幻戏其实已经完成了一半。

淑妃一定看穿了这一点,所以才提议可莹去吃一颗葡萄。可是当可莹发现葡萄看得见却摸不着的时候,立即做了一个决定——

她绝对不能在寿宴上让父皇扫兴,也不能让李隆基颜面扫地,所以她要装作没发现破绽一样,先借口要喝水。

至于喝了水之后,她要怎么说,怎么做,她还没想出来……

幸好李轻羽也看出不对劲,所以适时出手,指尖飞出一枚小红豆,正中玲珑的小腿。玲珑站立不稳,差点儿将水泼到可莹身上,才让罗公远有机会再一次靠近可莹,将真正的葡萄放回到她桌子上。

由此,这个幻戏才不至于露出破绽。

可是,罗公远居然提出,还要再表演一个幻戏。

他难道不知道,自己已经被淑妃盯上了?再表演一个幻戏,以淑妃的机敏,肯定会被当场揭穿。

"这个幻戏，臣希望请金城公主和八皇子一起协助臣完成。"罗公远的声音打断了可莹的思绪。

可莹惊讶地望向罗公远，只见他笑眯眯地看着她，意有所指地说："幻戏，可不一定是变戏法，还有精彩绝伦的杂技。臣想请公主和皇子帮忙证明，臣一身虎胆，没有虚招！"

三

罗公远献上的第二个幻戏，是杂技。

可莹曾经出游长安，在街头看到过西域来的杂技表演团，有钻火圈的，有吐火的，有叠罗汉的，还有与蛇共舞的……极尽神奇和惊险。罗公远要在大殿之上表演这种杂技吗？

她正垂眸凝思，只听罗公远的声音再次传来："臣会登上这根棍子，劳请八皇子稍后将剩下的棍子都扔给我。"

李轻羽看着手中五尺长、拳头粗细的棍子，愕然道："这么一根细棍子，你怎么上去？"

"就这样就上去了。"罗公远将木杆拿过来，一端竖着顶在地上，然后纵身一跃，单足踩在棍子的另一端，站得稳稳当当。

可莹看得目瞪口呆。虽说这棍子是特制的，顶端有衔接的机关，两端也有打洞，但是这棍子这么细，他居然也能站得住？

"请八皇子扔一根棍子上来。"罗公远对李轻羽说。

李轻羽犹豫着扔上去一根棍子。罗公远接住，轻轻跃起，同时下腰一戳，手中的棍子瞬间就抵住了立在地上的棍子。他的手稍一用力，便带动自己如燕般飞上棍子的顶端，又站得牢牢的。

可莹不是没见过这种杂技，有在头上叠碗的，有十几个壮汉叠罗汉的，但都没有罗公远这样惊险——居然用区区细棍，一根接一根立在脚下。

罗公远朗声笑道："对了，听闻金城公主音乐造诣极高，不知道是否有幸请公主奏一曲《梅花引》。"

可莹抬头看他一眼，见他单足站在半空，纹丝不动，不由得心中钦佩："当然。"

她掏出笛子，放在唇边轻轻吹了起来。罗公远稍微低头，向李轻羽招了招手，伸出了两根手指。李轻羽愣了愣，将手中的棍子扔上去两根。罗公远一手接住一根，将棍子插在脚下的棍子两边，然后再次跃起，一只脚踩住一根棍子，稳住了身形。

整个大殿中的人都屏住呼吸，望着罗公远，生怕他一个不留神，从棍子上跌落下来。李轻羽又扔上去几根棍子，罗公远继续将棍子插在现有棍子的两侧……渐渐地，他脚下的棍子已经组成了树干形状的架子！

罗公远反而更加轻松了，在架子上来回跳跃，似是和着可莹的笛声轻轻飞舞。架子经不住他几番折腾，左右摇晃着，可是他始终都能通过移动身体的重心，将架子稳住。

席间不停有人低声惊呼，赞叹罗公远非凡的技艺。皇帝眼睛一眨不眨地盯着罗公远，紧张得一句话都没有说。

架子随时都可能倒塌，砸到可莹的身上。但是可莹的笛声始终悠扬平稳，气息没有任何紊乱。

曲子快要吹完的时候，罗公远在架子顶端忽然飞旋，再回身的时候，手中已经多了一个寿桃。他高声笑道："恭祝陛下福如东海，寿比南山，如日之恒，如月之升！"

罗公远飞下架子，身姿轻盈如同天外飞仙。与此同时，可莹的笛曲也吹到了最后一个音符。

"可莹，一起献寿桃。"李轻羽压低了声音。可莹放下笛子，走到罗公远面前，伸出手，打算将寿桃接过来。然而就在这时，她和罗公远同时发现——寿桃上鲜红的"寿"字，居然少了下面的一点！

李轻羽也发现了这一点，俊挺长眉立即皱了起来。

可莹抬眼看罗公远，他面上充满了震惊的表情，似乎也没想到寿桃会出现这样的问题。

寿字少一点，还出现在皇帝的寿宴上，这是大大的不吉利！就算皇帝有意宽恕，大殿里这么多人，稍有谏言，不仅罗公远会丢命，李隆基也脱不开干系。

一瞬间，可莹已经想到了关窍，她下意识地从袖中抽出丝帕，将寿桃覆盖得严严实实，然后递给了李轻羽。

"金城公主，你们不是要献寿桃吗？把帕子揭开吧！"淑妃眼尖，一眼发

现了异样。

可莹急中生智，故作娇俏地答道："淑妃娘娘，儿臣还想看变戏法呢。"她歪着头看着罗公远，"你能在众目睽睽之下，把寿桃变没有吗？"

"胡闹！寿桃是献给陛下的，怎么能变没？"淑妃不悦地说。

"一个把戏而已，只是为了给众人取乐，不至于那么严重吧。再说了，罗公远还会把寿桃变回来的，淑妃娘娘不要对皇妹太严苛了。"李轻羽附和说，"父皇，儿臣相信刚才的戏法您也没看够吧。"

皇帝还沉浸在刚才的幻戏中无法自拔："那是自然，朕还想多看个节目。罗公远，你就变变这寿桃，如何？"

罗公远答应一声，用手指拈起丝帕一角："陛下恕罪，这寿桃其实不是寿桃，而是……"说着，他用力一扯，丝帕扬起，一只雪白的鸽子从可莹手心里飞了出来，冲向殿顶！

在众人惊叹中，罗公远吹了声口哨，那鸽子立即飞回到罗公远的手中。罗公远抚摸了鸽子两下，用长袖遮挡住鸽子，然后拿开长袖，那鸽子重新变回了一只寿桃。

这一次，那寿桃上的"寿"字，是完好无缺的。

可莹拍手叫好，李轻羽也露出了笑容。皇帝哈哈大笑："太精彩了，重重有赏！"

宴席上的气氛达到了高潮，罗公远谢过赏赐，李隆基也被皇帝嘉奖了一番。刚才那个寿桃上的纰漏，除了他们似乎无人发觉，可莹和李轻羽不由得暗中松了一口气。

只有淑妃拉长了脸，冷冷地望了一眼李隆基。

四

宴席结束，天已黑透。

宫灯次第亮起，如同明亮的长龙，在黑暗里辟出一条条道路。人人带着微醺，私语着宴席上的奇闻逸事，走在暖意融融的夜风里，看天上的星子都朦胧了几分。

可莹忧心忡忡地走在路上，忽然听到暗夜里有鸟叫声传来："咕——咕——咕！"

音起，伴着叶声簌簌，袅袅而来；音落，如滴水入海，了无痕迹——这是李轻羽和她约定好的暗号。

可莹心领神会，忙带着玲珑走到一条偏僻的小路上去。林木葱茏中，有人着一袭月白衣袍，临风而立，风姿绝世而独立。

可莹走过去，轻轻唤道："皇兄。"

李轻羽转过脸去，小心翼翼地看了她身后一眼，才低声说："今天临淄王，你和我，还有罗公远，都差点儿被人算计了。"

"是淑妃娘娘吗？"可莹回想，今天也只有淑妃一直在发难。

李轻羽点了点头："我不知道她暗中在做些什么，但我可以确定，她在针对临淄王。城门失火，殃及池鱼，我们和临淄王有些交情，很容易成为她的目标，所以我们要小心行事，不能被连累。"

临淄王李隆基近日来威望极高，想来淑妃是因为这个才针对他的。寿宴上的种种，都表明淑妃将临淄王视为眼中钉。

宫廷倾轧向来残酷，丝毫不顾及昔日情分。可莹想到这里，情绪有些低落，怏怏地说："知道了。"

她忽然想起了什么，歪着头问李轻羽："对了，寿桃上的那个'寿'字，后来是怎么补全的，你看到了吗？"

"没有看到，但是如果我没有猜错……"李轻羽微微叹气，"那缺的一点，是罗公远刺破自己的手指，点上去的。"他虽然没有看到具体的细节，但是嗅到空气中多了一丝淡淡的血腥味。

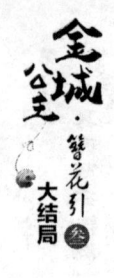

可莹微微叹气："罗公远的戏法是很新奇，如果不是这些破绽，我几乎以为他是神仙。"

"这世上哪里有神仙。"李轻羽淡笑，气氛顿时缓和，"可莹，你记住，所有的戏法都是骗人的，没有怪力乱神。"

可莹歪着头看李轻羽："你又看出了什么？"

"临淄王既然敢让罗公远献上这样惊险的杂技，就必定提前在大殿的地面上布好了机关。表面上看，罗公远在半空中摇摇摆摆的，其实他只不过是在吸引众人的目光。谁都没注意到，最下面那根棍子底部有机关，和地面上的机关相契合，这样才能保证整个木架子不会塌掉！"

可莹目瞪口呆："在宫殿里布置机关，可是违反宫规的！"

"事情败露，是违反宫规。可是如果瞒天过海，就会取悦龙颜，换来皇恩浩荡！算算时间，他们应该已经把机关拆掉了……"李轻羽的眸光又黯淡下来。

可莹不知道该说什么，真相永远是这样不堪一击，背后的逻辑也经不起仔细推敲。

"可莹，你已经做得很好了，当机立断，为罗公远争取了时间与机会。不然，就今天这个寿桃出的问题，后宫很可能会血流成河！"李轻羽说。

可莹吃惊："有这么严重？"

李轻羽拧了拧眉，眸色深沉如墨："窦德妃不就是一个例子吗？仅仅是莫须有的罪名，就能置她于死地，何况是这种在寿宴上公然用寿桃来诅咒皇帝的事情……"

可莹打了个激灵，心情沉重起来。

淑妃以往温和雅善的面容在她脑海中沉沉浮浮，无论如何都不能和现在这副恶毒算计的模样重合起来。

她们是同一个人吗？

如果是同一个人，为什么前后差别这么大？当初那个文才卓越的淑妃，怎么会忍心血洗后宫呢？

"可莹,别想太多了,走一步看一步,每一步都要走稳。"李轻羽说完,扬了扬手,示意站在不远处的玲珑过来,扶可莹离开。

玲珑忙走上前,扶起可莹的右手。等重新回到宫道上,她才敢开口说话:"公主,你的手好凉,要不要宣太医瞧一瞧?"

可莹这才发现,自己的十指果然沁凉,指尖几乎没有了知觉。她摇了摇头:"无妨,不过是太过寒心,连带着手也跟着凉了。"

"公主为何寒心?"

"是啊,为何寒心?"可莹仰头望天,天上星子漫天闪烁,如同谁的眼泪,一滴滴凝在夜阑时分的天空中。

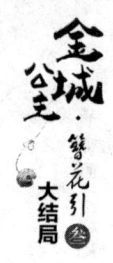

五

也许是因为受惊，可莹做了一夜的噩梦。翌日，她整个人消沉委顿，只能告病。太医来看过两回，开了药，可莹吃了只是犯困，香甜一梦之后醒来，就已是深夜。

玲珑在外间休息，静夜里只能听见均匀轻微的呼吸声。可莹有些口渴，不忍唤醒玲珑，就自己摸索着起身点灯。

然而，在她起身摸到火石的一瞬间，窗外树上的一个黑影映入眼帘。

可莹顾不上点灯，赶紧隐藏在窗格后面，心慌乱地跳了起来。她想起李轻羽的警告，一个不祥的预感涌上心头：难道是淑妃娘娘派来的刺客？

她壮着胆子继续往外看，只见那团黑影里，偶尔飘起两个褐色光团，一眨一眨，像野兽的眼睛。

不是刺客？

再看那黑影，似乎生有两翼，看上去很像一只大鸟。可莹突然想起了小刀——那只为自己而死的小鹰，心头猛然一痛。她揉了揉眼睛，眼角的酸涩弥漫开来。

"公主？"玲珑听到动静惊醒了。

可莹赶紧将手指放在唇前，"嘘"了一声，招手让玲珑过来。玲珑看到树上的黑影，大惊失色："公主，这必是刺客！我去找侍卫！"

"先别惊动侍卫，他跑不了。"可莹自信满满。玲珑顿时满心疑惑："公主，难道你……"

可莹指了指墙上的一个烛台："这是一个机关，只要有人躲在那棵树上最强壮的三根树枝间，就会触发铁夹，动弹不得。"

"公主好厉害！你从哪里学来的？"玲珑问道。

可莹脸颊一红，用火石取火，将蜡烛点燃："是善擦拉温王子写信告诉我的，他还画了详细的图纸。"

"哦，那他只在信里写了这一样，没写其他的事情吗？"玲珑笑起来。可莹的脸更红了，忍不住轻轻推了她一下："就知道耍嘴！还不跟着我下去看看，还不知道那儿卡住的是什么东西呢。"

六

尽管知道那黑影中了机关，必定是动弹不得，但可莹还是给自己和玲珑一人穿了一件软甲。

虽然身边侍卫众多，但命是自己的，就该自己操心负责，所以该备下的软甲和武器，一样都不能少。

可莹掏出一把小弩，上了几排利箭，瞄准黑影后，才悄悄地靠近大树。玲珑举着一只盾牌，跟在她身后，突然胆子就小了，小声说："公……公主，我怕，要不咱们还是……"

"收声。"可莹赶紧制止。

可是已经晚了，大树上的黑影似乎听到了两人的谈话。忽然，一颗硬物从半空中抛下，正中可莹的头顶。

可莹眯着眼睛望过去，发现那硬物居然是一只枣子，她将小弩举起来，低喝道："是谁？"

"别激动，是我……"黑暗中传来一道软绵绵的男声，"哎呀，我的小公主，你的待客之道真是令人心生钦佩，我光拆这机关就花了快半个时辰呢！"

那声音听起来十分耳熟，但可莹又一时想不起来是谁。她在深宫接触的男子甚少，可这人说话的语气明显和她熟识。

可莹淡淡一笑，问："那你拆完了吗？"

"快了快了，你这机关除了有架子，还有胶水。我这机械大鸟足足费了我半个月的时间，可不能拆坏了。再说，这外面还裹了一层'隐身宝衣'，扯坏一点儿，我就亏大了。"那人慢悠悠地说。

"隐身宝衣"？

可莹沉吟道："难怪，这么大一只飞鸟都没人注意到呢。只是这世上，真的有'隐身宝衣'这种东西？"

"这'隐身宝衣'是我钻研十几年才做成的。白日可能做不到完美，但在夜间行事，绝对神不知鬼不觉。"那人非常自信。

可莹扭头看玲珑，玲珑一脸紧张，低声问："公主，这个人满口胡言乱

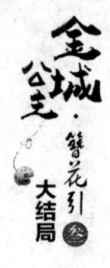

语，我要不要喊侍卫过来？"

"不是，我是想让你掌灯。"可莹不慌不忙地说，"我想看看这机械大鸟长什么样。"

玲珑惊得目瞪口呆，可也没办法，只得转回身取来灯笼，点亮后提得高高的，驱散了些许黑暗。可莹凝眸一望，看到树上果然卡着一只巨大的机械鸟，鸟身是用木头做的，两翼修长，足足有七尺。鸟身上坐着一名青衣少年，正用黑曜石般的眼眸笑眯眯地望着她。

这一眼，看得可莹有些发愣。

少年很美，那一身竹叶青的衣裳衬得他五官清雅俊逸，颇有世外高人的气质。

色浓时，他是娇艳芍药，尽展风华；色淡时，他是空谷幽兰，孤芳自赏。这世间所有的丹青妙笔，似乎都无法准确描述出眼前这位少年在一颦一笑间的风采。

然而，她不认识他。

这摆明了是私闯宫闱，最理智的做法是喊来侍卫将他拿下。可是可莹鬼使神差地按下心头的冲动，低声道："大鸟做得不错，鲁班再世也不过如此吧。你乘着它，定可以上九天揽月，往四海云游。"

说着，她从袖中掏出一个小瓶子："喏，你把这里面的药水洒在胶水上，胶水就会自碎脱落。"

少年笑意更甚，红唇中露出贝齿，几乎比天上皎月还要洁白。可莹只觉得清风拂面，眼前青绿色一晃，手中的小瓶子就被人一把夺走。

"谢啦。"少年身形如风，瞬间就重新回到大树上。他跷着二郎腿，打开瓶子，将里面的药水洒在机械大鸟被粘住的地方。

玲珑不由得气愤："你太放肆了！这位是堂堂金城公主，你夜闯宫闱，还对公主不敬！"

"哪里哪里，我仰慕金城公主已经很久了。"少年仰头望了望天，"小公主啊，要不要跟我一起去到九天之上、云端之巅？在那里，你可以做一个快活神仙，无人管，无人问，逍遥万年。"

可莹"扑哧"一笑："不愿意。"

"为什么？"

"你的机械大鸟可以飞走，但我不可以。大鸟是鸟，就该在云上翱翔。我是公主，就该在这宫里为大唐尽忠尽责。"可莹深深看了少年一眼，"你走吧，我也累了。"

少年转过头，认真地看她："有点儿意思，这世上居然有人不肯做神仙！不过，你就不好奇我是谁？"

"你想告诉我的时候，自然会说，我何必问。"可莹打了个哈欠，扭头对玲珑说，"咱们走。"

"哎，别走啊。"少年急了，扯着自己的脸皮轻喊，"我今天来，是来感谢你的，你得先听我说完啊。"

可莹头也不回："累了，回头再说。"

"别，别，我错了还不行嘛。"少年的声音再次响起，"我是罗公远！罗……公……远！"

玲珑震惊万分，回头看到少年斜躺在枝丫上，摆出一个妖娆的姿势。他笑得得意，似乎在等待两人惊讶的反应。

然而可莹依旧没回头，只是淡淡地说："早看出来了，能瞬间取走我手中的瓶子，除了他还有谁。"

"公主，他不是罗公远啊！"玲珑瞪大眼睛，"我这段时间和临淄王见面，见过罗公远很多次。还有陛下寿宴，罗公远不是表演过节目吗？这个人和罗公远一点儿也不像啊！"

罗公远一直是个四十岁左右的男子模样，这个少年看上去最多十六岁，而且五官气质和罗公远相差甚远，怎么可能是一个人！

当她眼瞎呢！

"喂喂，梅丫头，别乱说话！"少年不悦，"你见过我很多次，可我都是易容的，你当然不知道庐山真面目了。"

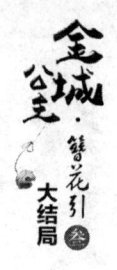

玲珑又震惊了。

"梅丫头"这个称号是罗公远特意给她取的,因为临淄王赞她在外人面前清冷高傲,是个刚强性子,又有梅花般的美貌。因此,罗公远就"梅丫头、梅丫头"地叫开了。

"你……你从哪里听来我叫'梅丫头'的?"玲珑难以置信。

少年翻了个白眼:"再说一遍,这'梅丫头'的外号就是我给你起的!因为临淄王画过好几幅梅花图,说要送你……"

"好了,别说了,我信!"玲珑面红耳赤地打断少年的话。

可莹看玲珑害羞,心里已经明白了几分。她转过身问罗公远:"你既然是罗公远,那你深夜造访,到底是何用意?"

"我是来感谢你的。"罗公远笑呵呵地说,"多谢公主在寿宴上帮我遮掩。"

原来,他是为寿桃之事而来。

"你不用谢我,八皇兄也帮你拖延了时间,才让你有机会补救。"可莹冷静地说,"再说,以你的本事,你完全可以一走了之。"

罗公远笑了,不过这次的笑容有些沉重:"我可以走,但是临淄王走不了。"

他是临淄王的门客,门客犯错,主子自然逃脱不了干系。

可莹若有所思地点了点头:"你能想到这一层,也算仗义,不过你的目的不只是说一声谢谢吧?"

闻此,罗公远叹了口气:"是啊,什么都瞒不过公主您的眼睛。我丢了点儿东西,没法易容了……"

"易容?"玲珑指着罗公远,不满地说,"你长得这么好看,装扮成一个中年男子实在是委屈了。"

"我是万不得已才易容的。当年我以少年模样示人,处处被人看轻,众人都觉得我技艺浅薄。我干脆易容成一个中年人,果然有说服力多了。"罗公远无奈地说,"可是我身边出了奸细,不仅将我表演用的寿桃调了包,还盗走了我的易容粉，让我无法易容。如果陛下发现我一直以假面示人，肯定会治我一个欺君之罪！"

可莹想了想问道："你怀疑谁偷了易容粉？"

"现在怀疑谁不重要，"罗公远捏了捏眉心，"当务之急是凑齐材料，再制作易容粉。"

"你的意思是让我帮你找材料？"

少年抬起头，眼眸里露出狐狸般狡黠的光芒："帮我，也是帮公主你自己。毕竟我被治了罪，和我有关的人都逃不了。"

"你……你在要挟公主？罗公远，你好大的胆子！"玲珑皱起眉头。

罗公远却不慌不忙地说："命都快没了，要挟算什么。"

"罢了，我会帮你的。"可莹镇定地回答，"你需要我做什么？"

罗公远扬手，一张帛书落入可莹手中："把这上面的材料帮我备齐，我就能继续易容了。"

可莹打开帛书，发现上面的材料有的很普通，有的十分名贵。在皇宫里，各宫份例都有定数，李隆基最近不在宫中，光凭罗公远一己之力的确很难凑到这些东西。

"行，我知道了。我帮你准备材料的这些天，就麻烦你先称病告假吧。"可莹说。

罗公远满意地眯起眼睛，一甩宽大长袖，转身坐上了机械大鸟。他动了动鸟头上的开关，大鸟就扑扇起翅膀来，眨眼间飞上长空，卷起疾劲的长风。

"公主，真看不出罗公远是这样的人，明明有求于您，态度还如此不逊。"玲珑不满地说。

可莹望着罗公远远去的背影，忽然一抬手，将那卷帛书置于烛火之上。火舌肆虐，转眼就将帛书吞噬。

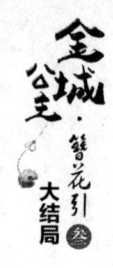

一

"色汁、桃胶、雄黄、鱼腥草、萤石粉……"玲珑跪在蒲席上,认真地清点面前的材料。

可莹歪在锦榻上看书,看她清点得认真,不由得抬头说:"你把罗公远要的东西都收集齐了?"

"是啊,人命关天,我自然要赶紧收集齐。"玲珑用纸包好材料,面有忧色,"公主,这些材料都需要用小石磨磨成粉,才能做成易容粉……但是刚才我去尚官局,他们说唯一的一只小石磨已经被领走了。"

"小石磨被谁借走了?"可莹皱了皱眉头,"按理说,小石磨不是常用之物,怎么会这么巧在我们要用的时候被借走了?"

玲珑微微变了脸色:"不知道,尚官局的人也没说清楚……"

两人的脑海里顿时浮现出同一个人的面容,心里同时"咯噔"了一下。难道,又是淑妃从中作梗?

正在这时,外面忽然匆匆走进来一名宫女,跪地说道:"公主,安乐公主那边使人传话,说宣了罗公远表演幻戏,请公主一同过去观看。"

"什么?"玲珑大惊。

易容粉尚未制成,罗公远若是以少年模样出现,岂不是坐实了欺君之罪?

"知道了,我需要更衣,去去就来。"可莹从书案后站起,向玲珑使了个眼色,就往殿内走。

玲珑赶紧将材料收好,小碎步跟上:"公主,现在该怎么办?要不,我先把这些材料给罗公远送去……"

"去吧,小心行事。"可莹对她点点头。

玲珑小心翼翼地翻出窗户,一路往别馆的方向奔去。可莹目送她走远,唤了两个宫女进来为自己梳妆,良久才踏出寝殿,随手往宫女队伍里一指:"你跟我一起去见安乐公主吧。"

那名宫女低眉顺眼地答道:"是。"

可莹拢了拢金丝边的薄纱袖子,然后迤迤然往安乐公主的宫里走去。安乐安生了许久，突然大张旗鼓地要看罗公远表演，还邀请她同去，仿佛有点儿卷土重来的意味。

她望着薄青色的天空，算了算时辰，放慢了步伐。

能拖一刻，便是一刻。

不料，迎面走来两列宫人，抬着轿辇，见了可莹立即跪下："金城公主，安乐公主生怕您脚乏，特命我等来接公主。"

"安乐姐姐真是有心了。"可莹心里明白安乐公主的意图，还是不慌不忙地上了轿辇。

抬轿辇的宫人们对视一眼，待可莹坐稳之后，便脚底生风地赶起路来。

刚进安乐公主的宫苑，可莹就嗅到一股浓浓的甜香，不由得皱了皱眉。安乐公主素喜奢靡，没想到闭宫思过的时候也不忘享受。

她定了定神，抬眼向院中望去，只见院中的大树下有一顶轻纱小帐，里面影影绰绰似有人，应该是安乐公主。

还没等可莹上前，一只白皙的手就掀开了纱帘："金城妹妹来了，快进来，别拘着礼，今日有一场好戏要看呢！"

可莹走进纱帷，发现安乐公主果然斜躺在美人榻上，边上还跪着两名宫女，每人手里都捧着一只琉璃碗，碗里盛满了李子。安乐公主就这样慢悠悠地吃着，面前的一只错银香炉散着一缕青烟，袅袅地往上飘去。

见可莹进来，安乐公主拿帕子净了手，给可莹赐座，笑眯眯地说："这好戏我可不敢独享，得让妹妹你一起来赏才是。"

"安乐姐姐邀我看的是什么戏？"

安乐慢悠悠地说："听闻罗公远身怀绝技，可惜我未能一饱眼福。这不，我去请他来了，等会儿就到。"

可莹只觉得背后吹过一阵阴风："安乐姐姐，听说罗公远近日病了，咱们还是不要叨扰他，让他好生养病吧。"

"瞧你说的，他哪里就病了，他是神仙！"安乐坐起身来，凑在可莹的耳

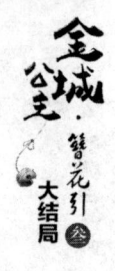

边轻声说,"他是狐狸变的!"

可莹心头响过滚雷,面上丝毫不动:"姐姐说笑了,这世上没有怪力乱神,罗公远也不是狐狸。"

"是,他就是!他是一只九面狐,有九张脸!"安乐掩口而笑,"不过他病了,就只能有一张脸了。可惜啊,这张脸,不是我们认识的那一张,你说逗不逗?这人长得不像罗公远了,他还能是谁呢?"

可莹想抽回手,安乐公主却攥得紧紧的:"妹妹的手好冰凉啊,是病了吗?要不要我找个人给你医一医?"

"我……我身体不适……"可莹急了。

安乐眯了眯眼睛,突然高声说:"人带过来了没有?金城公主这会儿不舒服着呢!"

"回公主,来了来了!"外面有个小黄门疾步走进来,"公主要的人就在外面,现在带进来?"

"宣!"

可莹明白他们口中的人是谁,顿时面白如纸。只听轻纱小帐外面传来一阵轻微的哭声,有人被推进院子,接着发出了一声惨叫,跌倒在地上。

那声音,正是玲珑。

"这小宫女鬼鬼祟祟地往别馆的方向跑,我看着可疑,就拘了来。果然,这宫女偷了东西,还请两位公主发落!"

可莹"唰"地一下掀开纱帘,看到玲珑哭倒在地上,制作易容粉的材料散落一地。

安乐慢悠悠地说:"这是妹妹你宫里的人吧,怎么做起这偷鸡摸狗的勾当呢?"

"玲珑没有偷东西,这些是我让她送去别馆的。"可莹很快冷静下来。

"你?你去别馆送这些做什么?"

"我想学些幻戏,便搜集了材料学做道具。今日我让玲珑把这些材料送到别馆给罗公远,看看还缺些什么,没想到玲珑竟然被安乐姐姐当成了贼。"

可莹不慌不忙地回答，迤迤然走上前，将玲珑扶起来，"说句难听的，心中有贼，看谁都像贼，安乐姐姐说是不是？"

说到这里，可莹扫了一眼拘玲珑进来的小黄门，眼风锐利如刀。那个小黄门吓了一跳，忙低头道："公主恕罪，小的得罪了。"

"先别忙着道歉。"安乐公主阴沉沉地说，"金城，你说这些材料是你的，那你说，你要用它们变什么戏法？"

可莹回头，方才的冷厉神色全然不见，取而代之的是调皮娇俏的神情："安乐姐姐，我要是现在就告诉你，以后还怎么变戏法啊。我刚学会一个，你就要寻根问底，我才不告诉你呢！"

她语气里满是撒娇，但软声软语中透着一股决不妥协的意味。既然安乐公主不讲理，那她就耍赖。

安乐公主弹了弹指甲："行，你不说，我也知道它们是用来做什么的。"说着，她往外面瞟了一眼，"罗公远还没来呢？"

"回禀公主，算算时辰，罗公远应该在外面了。"小黄门恭恭敬敬地回答。

安乐公主站起身，带起一阵甜腻的香风："那好，让他进来！"

"公主……"玲珑握住可莹的手。

可莹感觉到了玲珑的紧张。没有易容粉，罗公远顶着那张少年的脸，肯定会被问罪。

然而，这就是安乐公主做的一个局。

她先在罗公远身边安插眼线，偷走易容粉，然后逼着罗公远以原本的容貌示人。李隆基不在宫中，罗公远必定会找到可莹帮忙。可莹心软，肯定会答应他的请求。到了这时，安乐公主再收网，就网住了罗公远和可莹两个人。

这个局做得很妙，堵死了所有的出口，大有关门屠城的架势。

可莹想明白了，反而不怕了。她安慰着玲珑说："没事的，不用怕。"

安乐公主呵呵冷笑两声："等见到罗公远再说吧！"

这边说着，那边一顶红顶轿子慢悠悠地进了院子。

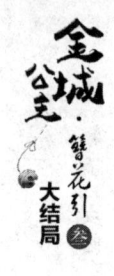

"看来,是罗公远到了。"安乐公主摆了摆手,让宫人将纱帘收起,慵懒的语气中透着不满,"你们也太抬举他了吧,居然还抬轿子……呵呵,难道不该是上了枷锁推进来问话吗?"

说着,她冷厉的眼风扫向小黄门。

小黄门擦了擦头上的冷汗:"回禀公主,的确是让罗公远步行来的,不知道为什么他会坐上轿……"

话没说完,他已经惊恐地睁大眼睛,指着那顶轿子说不出话来。

可莹察觉到不妥,也望向轿子,待看清楚之后,也惊呆了。

那轿子不大,是需要四人抬的那种。可是现在,轿子前后左右空无一人,再看轿底,空荡荡的,无人抬轿,轿子却悬浮在半空之中!

"啊!"安乐公主大惊失色,"这……这是怎么回事?来人,护驾!护驾!"

"公主宣臣来表演戏法,臣就巴巴地赶过来,生怕腿脚不够快,惹公主不快,没想到公主见了臣,居然要人护驾。臣对天发誓,并无异心啊!"轿帘里传来了罗公远的声音,接着一只指骨分明的手将轿帘掀开。

短短一瞬,一个人从轿中飞出,如轻鸿翩跹而起,到了半空,双翼纵然一收,优雅漂亮地落在众人面前。

"臣罗公远,参见安乐公主、金城公主。"

那人虽然是低头跪着的,但却如蹲卧的豹子,令所有人感到惧怕。

安乐公主强装镇定,训斥道:"你还敢来?!给本宫抬起头来,看看你是个什么嘴脸!"

此言一出,玲珑更加紧张。她求助地望向可莹,却看到可莹镇定自若,嘴角含着一抹似有若无的笑意。

难道……

此时,罗公远抬起头来,露出一张普通中年男子的面容,那双眼睛炯炯有神:"遵旨。"

"你……你真是罗公远?"安乐公主倒吸一口冷气。

"正是微臣！"罗公远微笑着回答，"金城公主在寿宴上见过微臣，想必一眼就能认出。"

"对，本宫认出你来了，你就是罗公远。"可莹点头。

安乐公主不甘心地盯着小黄门，眼刀阵阵。小黄门不停地擦汗，嘴里念叨着："不对！你分明不是长这个样子的！刚才在门口，你明明是个少年郎！你偷改容貌，从一开始就在戏弄陛下和公主，你罪该万死！"

罗公远歪头看着他："我一直是这副模样，哪里是什么少年郎？我与你远日无怨，近日无仇，你为何要污蔑我？"

"你……你……"小黄门一哆嗦，直接跪下，"安乐公主明鉴！这是罗公远变的戏法，他还在戏弄您哪！"

安乐公主顾不上仪态，一拍软榻，站了起来："大胆奴才，谁给你的胆子在本宫面前胡说八道！来人，拉下去给我重重地打！以后这宫里谁再敢胡言乱语，就是今日这奴才的下场！"

玲珑一头雾水，忍不住扭头看向可莹。可莹仪态大方地站在旁边，嘴边噙着一抹淡笑，那副胸有成竹的样子，似乎早已料定是这样的结局。

安乐公主设下这个局的同时，可莹和罗公远也在暗中布局。

其实，从那天晚上罗公远出现在可莹面前的时候，她就在怀疑了。

罗公远如果需要制作易容粉的材料，为什么不直接去尚宫局里拿，反而要可莹帮她准备，还骑了一只惹人注意的机械大鸟来找她？这本身就非常不正常。另外，他居然将制作易容粉的秘方写在帛书上送给了可莹。作为一名幻戏师，他怎么可能轻易将自己出神入化的易容术透露给别人。

他之所以要这样打草惊蛇，无非是要拉上可莹一起演戏，引安乐公主对自己发难。两方对垒，只有拳拳到肉，才能造成碾压性的伤害。而敌方第一次出拳就打在了棉花上，力气被卸掉大半，那么短时间内就没办法再出第二拳。

思及此，可莹心头一阵畅快。虽然她明白罗公远是在利用她，但能看到安乐公主吃瘪，也是一件快事。

她微微一笑："安乐姐姐，既然罗公远到了，就让他给咱们表演幻戏吧！"

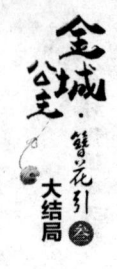

你叫我来,不就是邀我一同看戏法吗?"

"是,当然是。"安乐公主尴尬万分。

罗公远温声问道:"那公主想看什么戏法?"

"自然要不一样的。"安乐公主眯了眯眼睛,眸光里散发出危险的意味,"我要看九天揽月、云霄飞雪!罗公远,你有这个本事吗?"

罗公远站起身,微微张开双臂:"臣若没这个本事,就不会走进这座宫苑。公主,坐好了!"

话音未落,可莹只觉得眼前瞬间黯淡,如同乌云遮日。安乐公主尖叫起来:"罗公远,你这是做什么?"

"公主不是要看戏法吗?臣带两位公主上九天、览云霄!"昏暗中,罗公远的声音震耳欲聋。

可莹忽觉脚下动荡,身体有飞升之感,而周遭昏暗中,似乎有流星飒沓、飞火翩跹,让她眼花缭乱。

电光石火间,她想起李轻羽的面容。暗夜里,他坚定地望着她,说:"可莹,你记住,所有的戏法都是骗人的,没有怪力乱神。

戏法都是骗人的!

可莹这样想着,心头渐渐安定下来。与此同时,动荡感消失,周遭重新明亮起来,疾劲的长风扑来,将她的长发撩起。

她睁开眼睛,赫然发现自己站在云端,而安乐公主的轻纱小帐就在自己身后,安乐公主坐在帐中,面白如纸。

"可莹,这是什么地方?救……救命啊!"安乐公主仪态大乱,抓住纱帘,向可莹哭喊。

可莹反而更加镇定:"安乐姐姐,你不是说要看九天揽月、云霄飞雪吗?这不就是吗?"

她往不远处一指,正看到罗公远踏云而来,漫天雪花随风散落,星点如雨,如梦似幻。

"胡说!都是胡说!怎么可能……"安乐公主大口大口地喘气,"这究竟是什么地方？"

罗公远哈哈一笑："回禀两位公主，这是天眇世！若论世间神仙地，上有天眇，下有桃源！"

可莹心头微动，莫名想起清冷月光下，那个如狐狸般的少年痴迷地望着夜空，喃喃地问："小公主啊，要不要跟我一起去到九天之上、云端之巅？"

难道，当时他说的就是这个天眇世？

可莹望向罗公远，意外地发现他也正看向她。此刻，罗公远有几分那个少年的模样——眸如星，星摇曳。

"让我下去，你这个逆臣！"安乐公主暴怒。

罗公远眼神一冷，恭敬地答道："臣遵旨。"

说着，他伸手一指，安乐公主的纱帐整个儿飞了出去。可莹大惊，下意识地想要去抓，滑溜溜的纱帘却从手心里滑走。

安乐公主惊叫一声，昏倒在纱帐里。

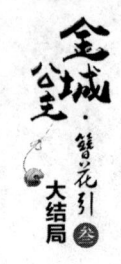

安乐公主足足昏睡了一天一夜，才苏醒过来。

她原本想要借题发挥，治罗公远一个不敬之罪。没想到，罗公远辩解说，这不过是一种取乐的幻戏，像安乐公主这样吓昏过去的并不多见。加上可莹也在旁做证，说罗公远的幻戏至美至幻，并没有牛鬼蛇神之类的恐怖之物，皇帝也就息事宁人了。

"那个罗公远简直是个妖孽！还有金城公主，居然做伪证！"宫室里，安乐公主坐在床上，气得双眼含泪，满脸怨毒。

皇后立在床边，目光冷厉："安乐，你还有精力恨他们？你晕倒一天一夜，你父皇居然只是派个太医过来诊治，都没来看过你，这说明你们父女已经离心了啊！"

安乐眸光一黯："母后，自从上次……父皇早就对儿臣不理不睬了！"

"没用的孩子，你上次犯的错尚未赎清，就擅自对付罗公远，你真是太沉不住气了！"皇后恨铁不成钢，"放着淑妃这把刀不用，你真是蠢！"

安乐不服气："淑妃以前对金城那样好，谁知道临到阵前会不会倒戈？"

"那你的计谋就天衣无缝了？"皇后嘲讽地问，"在罗公远身边安插一个内线，指使他偷了易容粉，然后你去揭发罗公远，结果你的一举一动都被提前算计了，偷鸡不成反蚀一把米！"

安乐公主低下头，沉默不语。

"再说，淑妃这把刀，你用着不顺手，大可以磨其他的刀。"皇后眸中精光乍现，"比如——"

她故意拖长了尾音，往门外一指："进来吧。"

"母后？"安乐公主茫然望去，只见一名少女逆着光走进来，身姿窈窕清丽，对着她盈盈拜倒。

"参见皇后娘娘、安乐公主。"少女笑盈盈地说。

安乐公主怔然："是你？李媛媛？"她扭头看向皇后，"母后，你拉拢了李媛媛？"

"媛媛聪慧可人，又有孝心，愿为邠王谋求一份好前程，不需本官拉拢，她自然会弃暗投明。"皇后说得滴水不漏，仪态万千地拂了拂红绸绣金的宽袖。

李媛媛抬起头，露出一个得意的笑容："皇后娘娘说得是，是媛媛自愿为皇后和公主出一份力。公主放心，你今日的委屈，我必定帮你加倍讨回！"

"说得好听，你打算怎么讨？"安乐公主不以为然。

李媛媛阴沉一笑，斩钉截铁地说："我已经请旨，拜罗公远为师！智者千虑，必有一失。公主，我一定会抓住罗公远的破绽。"

午后，蝉鸣阵阵，夏风和煦。

湖边的碧树上，罗公远正躺着闭目养神。阳光落在他年轻白皙的面庞上，将他乌黑的睫毛照得根根分明。

他又换回了那张少年的脸，稚气中透着英气，安静的模样格外好看。

蓦然，一根鸡毛从树叶中伸出，落在他的鼻翼下挠来挠去。罗公远抽了抽鼻子，终于忍不住痒，打了个喷嚏："阿啾！"

"谁啊！这么捉弄人！"他睁开眼睛，一把将鸡毛拽在手里，火大地低头往树下望去。

只见可莹站在树下，手里拿着一根长长的木杆，正掩口偷笑。玲珑站在一边，为难地说："罗公远，是公主喊了你几声，你都没听见，她才用这个法子逗你的。"

"微臣失敬。"

可莹耸了耸肩膀："我在心里喊了你，你听不到，就是你的错。"玲珑一个憋不住，"扑哧"一声笑了出来。

"好啊，连梅丫头也取笑我。"罗公远飞身下树，拱手行礼，"参见公主，公主万福。如果没有其他事，微臣就告退了。"

可莹一怔："我找你当然有事。"

"什么事？"罗公远又露出了狐狸般狡猾的表情。

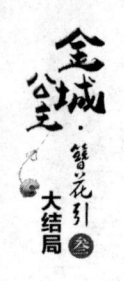

　　可莹后退一步，郑重其事地向罗公远拜了一拜："这是拜师礼，从今天开始，你就是我的师父了，希望师父能教习我戏法。"

　　"这可使不得，您是尊贵的公主殿下，我怎么能收公主为徒？"罗公远连忙推辞。

　　正说着，一队宦人从远处迤逦而来。罗公远机警，用宽袖在脸上一抹，瞬间变回了那个老成稳重的中年男子模样。

　　可莹眼尖，看到来人是李媛媛，旁边还有一名宣旨宦人，顿时冷下神色。李媛媛见了她，也是浑身不自在。

　　"公主，县主来者不善啊。"玲珑小声在可莹耳边说。

　　可莹点了点头，不等李媛媛开口，便问："县主好大的阵仗，不知来别馆做什么呢？"

　　"参见金城公主。"李媛媛再不服气，也不得不对可莹行礼，"陛下下旨，命罗公远教我幻戏，我现在是罗公远的徒弟了。"

　　她说完，往宣旨宦人那边瞟了一眼。宦人忙上前，宣读圣旨。

　　罗公远有些无奈，低头将圣旨接过。可莹歪着头看着他："既然你收了县主为徒，哪有将我拒之门外的道理，我也要学幻戏。"

　　"既然陛下有旨，那就请公主和县主移步随臣来吧。"罗公远眼珠子骨碌碌转了一圈，将可莹和李媛媛领进湖中小亭，才停下来。

　　可莹环顾四周，目之所及只有波光粼粼的湖水："你是怕人偷听？"

　　"那是自然，我花半辈子时间习得幻戏，可不能随意泄露。"罗公远不情不愿地说，"幻戏分为彩法门、手法门、丝法门、搬运门、药法门、符法门六种，不知道公主和县主想学哪种呢？"

　　"我都要学！"李媛媛迫不及待地说。

　　可莹想了一想："想必那日的'天眹世'是药法门了？以幻药制造幻境，不够坦荡，我还是学彩法门和手法门。"

　　罗公远笑容一僵："公主好眼力。"他看向李媛媛："县主先学最基础的彩法门和手法门比较好，毕竟幻戏讲究的是一个'快'字。以后无论表演何种幻戏,手法都要快到让观者看不清才可以。"

李媛媛瞪了可莹一眼,无奈地答应了。

罗公远用宽袍在石桌上一拂,一张棋盘立即出现在桌面上。他坐下,向对面发问:"你想选白子,还是黑子?"

"你在跟谁说话?"李媛媛感到莫名其妙。

罗公远笑着回答:"当然是下棋者。"

"可是对面空无一人,你一个人怎么下棋?"

罗公远不慌不忙地说:"一个人怎么不能下棋?"他摩挲着一颗黑子,自言自语地说:"既然你选白,那我就选黑。"

说着,他将黑子和白子分别摆在两边的棋盘上,皱眉冥思苦想,仿佛对面真的有一个人在和他对弈。

李媛媛翻了个白眼:"罗公远,你未免也太敷衍了吧?我让你教我幻戏,不是看你自己和自己说话的!"

"谁自己和自己说话了?"罗公远不为所动,伸手推着一颗黑子移动了一格,"你看,对方不是走棋了吗?"

果然,对面的一颗白子动了一格。

"啊!见鬼了!"李媛媛惊恐万分。

可莹微微一笑,将白子拿在手中把玩:"罗公远,如果我没有猜错,这棋子里面有慈石(磁铁),而另一颗棋子里面有铁块,对吧?"

她曾经在《管子·地数》里读到过这种石头的记载,如果在某地发现了慈石,那么下面一般会有铁矿。

慈石有吸引铁质的特性,并且有些慈石在一起相斥,有些在一起相吸。所以,罗公远只要操纵对应的棋子,就算对面没有人,也能让棋子在棋盘上移动。

罗公远微微错愕,然后失笑:"金城公主如此聪慧,这样轻易地看出了窍门,以后我真的不敢轻易献技了。"

可莹笑道:"那可不行,现在我是你的徒弟,做师父的不能藏技。"

罗公远仰头哈哈一笑:"既然公主如此说,那我干脆就抖个彻底。"说着,他将棋盘揭开。

棋盘内铺着一层黑色网格,看起来很像是石头质地。

"这是什么?"李媛媛惊讶地问。

"金城公主猜对了原理,却没有看透这个棋盘和棋子的机关。"罗公远解释说,"真正的慈石,其实铺在下面,形成一个慈石阵。至于棋子,里面没有慈石,只有小铁块。棋盘边缘有许多小机关,只要拨动,就可以改变慈石阵,利用慈石的引力,挪动棋盘上的棋子。"

李媛媛不屑地说:"这么一说,也没什么稀奇的嘛!"

"你们明白了其中关键,自然觉得没什么稀奇,可是观看者觉得稀奇,那就行了。"罗公远掏出两只布袋,"这是两袋慈石,你们拿去练手吧。"

"啊?可是我们不会制作道具啊!"李媛媛不满。

罗公远乜斜她一眼:"制作道具也要我教你,那你要做什么?道理已经教给你了,剩下的就自己琢磨!"

说着,他将棋盘收起来,大摇大摆地走了。

李媛媛跺了跺脚:"这个罗公远,实在是太过分了!这也算教我们幻戏?这个棋盘到底要怎么才能制作出来啊?"

可莹将那袋慈石收起来,不动声色地说:"师父领进门,修行在个人。要学幻戏,还是要看悟性。"

可莹盯着那袋慈石琢磨了足足一天,也没有琢磨出一个门道。

她是明白罗公远变棋盘戏法的道理了,可是他不给她看棋盘的机关,她又怎么去复制整个戏法呢?

"公主,太过分了!"玲珑从外面进来,气呼呼地将一只簸箕放下,"他居然送了一簸箕糟糠进来,要你从里面把芝麻都拣出来!"

可莹没有动怒,而是将簸箕拿过来,里面果然盛了满满的糟糠,其中还有星星点点的黑芝麻。上面有一张纸条,写着:"爱徒听令,幻戏师要眼疾手快，所以勤学之余，还要苦练，就从拣芝麻开始吧！"

她仿佛从字里行间看到了罗公远得逞的笑容。

"太过分了！居然让你拣芝麻！"玲珑叉腰，"等王爷回来，我一定要好好告他一状。"

"行了，是我自愿当他的徒弟的，这点儿小事难不倒我。"可莹安抚着玲珑，低头拣起了芝麻。

玲珑正想说什么，忽然感到背后有一股寒气。她回过头，发现李轻羽大步流星地走进来，忙屈膝行礼。

李轻羽看到可莹居然在拣芝麻，目光愕然："可莹，你在做什么？这种粗活为什么要你来做？"

"皇兄别误会，我是在练习幻戏呢。"可莹将前因后果说了一遍，李轻羽才放松了表情。

他坐在黑桐木的圈椅上，微微一笑："罗公远把原理告诉了你们，却不告诉你们具体的制作方法，明显就是留了一手。不过没关系，我们照样能复制出来。"

"怎么做？"可莹来了兴趣。

李轻羽说："当然是看你擅长哪方面了！你想想看，罗公远善用各种机关，所以能制造出棋盘和机械大鸟。你呢？你不应该用自己的短板去和他的长处比，而是要发挥自己的优势。"

一个模糊的想法浮现在可莹脑海中，可是她仍然有些懵懂。

这些想法就像是水中鱼、手中沙，稍有犹豫就从指缝里溜走了，让人再摸不到。

她到底该怎么做？

"皇兄，在你看来，幻戏到底是什么？真的只是骗人的把戏吗？"可莹有些茫然。

她的眼眸明亮而专注，带着几分少女的天真，也有初生牛犊的倔强。李轻羽莫名有些不忍心，软声回答："那天我回去想了想，我说的确实有些偏激

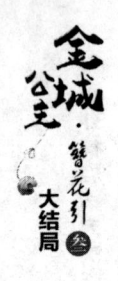

了……幻戏，并不是骗人的把戏。"

"那是什么呢？"

"是表演的艺术。它用一层华丽的表演去掩盖真相，让你在那一瞬间享受到快乐。"李轻羽解释。

此时，清风拂过，宫苑里的花树上，落英从树梢缤纷落下，有的摇摇晃晃地落在地上，有的飘到旁边的石雕小池子里。

似乎是被这番美景触动，可莹脑海中的念头忽然清晰了起来，她一拍身侧的茶几："我想到了！"

"哦？"李轻羽和颜悦色地问，"这么快你就想到怎么玩幻戏了？"

"当然！"可莹重重地点头，"幻戏师的表演很重要，要转移人们的注意力，并且让人们沉浸在表演中，从而忘记思考。"

李轻羽伸出手点了点她的眉心："你啊，我看罗公远都不需要教你，你就能自学成才了。"

御花园里，皇帝和皇后正坐在凉亭里乘凉。

为了隔绝暑热，凉亭四面挂了轻柔的软纱。微风习习，带着令人微醺的暖意扑来，将软纱吹得轻轻飞舞。

软纱里不时发出轻快的笑声。

李嫒嫒坐在石桌一边，将两只核桃放在手心里来回搓揉，向皇后撒娇道："皇后娘娘，臣女真的学会幻戏了。"

皇后温和答道："是是是，本宫就信你一回。"

"你跟罗公远才学了多久，也就学了个把玩核桃罢了，好意思巴巴地来献艺？"皇帝打趣道。

李嫒嫒噘起嘴巴，将右手反转过来："陛下，皇后，你们看！这只是核桃吗？"

只见她掌心往下，手掌伸平，那两只核桃却纹丝不动地粘在她的掌心上。皇帝捋了捋胡子："把你的手伸出来，朕怀疑上面抹了胶。"

李嫒嫒将手伸过去，皇后伸手在她掌心上摸了摸，笑得开怀："陛下，您错怪嫒嫒了，这手上干干净净，没有胶。"

皇帝一脸惊讶："那这两只核桃怎么不会落到地上呢？"

"因为臣女学了幻戏，技艺精湛呀！"李嫒嫒甜甜地笑着，继续把玩那两只核桃。只见她手背上滚着一只核桃，手心上滚着一只，没有刻意去抓，两只核桃都乖乖地没有落地。

皇帝鼓掌："好，假以时日，你的幻戏可以在宫市上展示了。"

"陛下，难道臣女只能在宫市上一展才华吗？"李嫒嫒巧笑倩兮，"等臣女学成幻戏，无论去哪里，都能让人叹为观止。"

皇后劝说："陛下，看嫒嫒如此用心，您就给嫒嫒一点儿恩典吧。"

皇帝点头："嫒嫒，你想要什么？"

李嫒嫒激动地连忙示意身后的宫人，宫人上前将一幅卷轴递了上去。她接过后跪在地上，将卷轴高高举过头顶："陛下，臣女能博得龙心大悦就已经满

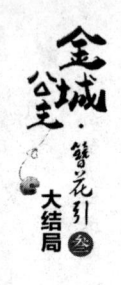

足，不需要什么赏赐。这是家兄为我大唐江山祈福所绘的一幅画，想让臣女献给陛下，以求陛下能拨冗批阅。"

此言一出，皇帝脸上的笑意还在，可是眼神冷了三分。

他不咸不淡地说："呈上来吧。"

李媛媛膝行上前，将卷轴呈给皇帝。皇帝将卷轴打开，皇后立即笑着夸赞："这是邠王的三子李承宷画的吧？果然是才华横溢呢！"

"这画中透着领兵万里的气概，就封为敦煌王吧。"皇帝将卷轴收了起来，"摆驾。"

李媛媛赶紧谢恩。皇后察觉到不对劲，忙问："陛下，您不再多坐一会儿了吗？本宫看您整日批改奏章……"

"你留下，朕想一个人走走。"皇帝提步就往外走，没有任何留恋。皇后呆呆地站着，几乎忘记了恭送的礼节。

等皇帝走远，李媛媛才试探地问："皇后娘娘，陛下这是生气了吗？臣女不知道为什么……"

"蠢货！"皇后方才的和蔼全然不见，回头怒斥李媛媛，"连这点都看不出来，你还能做什么？你的幻戏不够吸引人，提的要求却不小，陛下自然心烦！"

李媛媛被训斥得一句话也不敢说，只委屈地低着头。自从她得了罗公远的一袋慈石之后，日思夜想，终于想到了将慈石放进核桃里的办法。根据慈石相吸相斥的原理，放入慈石的核桃能够轻易地吸到一起。然后，她再在袖子的暗处放上慈石，这样反转手腕的时候，配合手掌肌肉的暗力，就能让两只核桃悬空而挂。

本来，她对自己的这个创意得意不已，没想到在皇帝眼里，只是个不入流的小把戏。

哥哥李承宷真的拥有一腔报国热血，她不过是借机给哥哥说些好话，怎么就惹得陛下不高兴了呢？

思及此，李媛媛更是委屈，扁扁嘴巴，眼泪几乎要掉下来。

"行了,本官严厉些,也是为你好。"皇后声音温软下来,"你知道,陛下为什么会如此不耐烦吗?"

李媛媛哽咽:"臣女愚钝。"

"因为陛下有他更喜欢的公主,怎么会对你这个县主上心。说句不怕你笑话的,本官知道陛下心里有其他妃子,所以不敢太过骄奢。但陛下若有十分宠爱,你只得七分,那终归不是长久之计。"

李媛媛听到"更喜欢的公主"几个字,怔了怔,恍然大悟:"臣女懂了,臣女接下来会表现得比金城更好,把她的宠爱抢过来。"

"不,你还是没懂。"皇后目露凶光,"谁得宠爱,你就把谁踩在脚下,这样就没有人能越过你了。"

李媛媛愣了愣,很快恢复了冷静:"臣女谨记。"

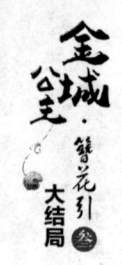

四

御花园中郁郁葱葱,其间小路蜿蜒。皇帝坐在轿辇里,听着有气无力的蝉鸣,心里不由得烦躁。

那么多年了,皇后和众妃、众臣的算计从来没停歇过。就连刚刚的小把戏,并不是为了博君一笑,而是为了自身的尊荣。

皇帝皱起眉头,心一寸一寸地冷了下去。李承寀是个不错的人才,他早有提携之心,只是用这种方法邀宠,总让他觉得齿冷。

正想着,半空中突然传来了轻灵的歌声,似有若无地飘过来,盖过了恼人的蝉鸣。皇帝好奇,扬声说:"停。"

他走出轿辇,看到不远处的绿树下,可莹正在盈盈起舞。她穿着一身淡粉色的舞衣,长袖如水一般在半空中流淌,时而向上扬起,扫落几片树叶,然后袅袅回到她的臂间。

皇帝驻足,心情忽然明朗了许多。

可莹望见皇帝,调皮一笑,将长袖又往上扬起。袖子击中树梢,窸窸窣窣中,树叶飘然而落,只是这次有所不同,树叶中夹杂着不少花瓣。

可莹轻盈一转,那些花瓣竟然都像长了眼睛一般,纷纷往她的乌发上飞去。转了两圈,她的发髻上已经粘满了花瓣,远远望去,似是戴着一顶花冠。

清香扑鼻,引来了远处的蝴蝶,扑扇着翅膀围绕在可莹身边。可莹与蝴蝶一同起舞,每一个动作都美不胜收。

皇帝看呆了,久久不能言语。旁边的官人不由得赞叹:"陛下,金城公主这一舞真是绝了!"

"绝,真是太绝了!"皇帝龙颜大悦。

"父皇,儿臣这一舞,您可喜欢?"可莹停了舞,向皇帝屈膝行礼。

皇帝大为惊异,围着她转了一圈:"可莹,花瓣怎么会自行飞到你的发髻上?这……这太不可思议了!"

花瓣粘在可莹的发髻上,散发着阵阵幽香,连带着暑热也退了不少。可莹笑着回答:"父皇,儿臣跟着罗公远学了几天,自然是会了些小把戏。"

"哦？你和媛媛一同学艺，似乎你要比她精进很多。说说，罗公远是不是偏向你，多教你了一些东西？"皇帝问道。

可莹猜到李媛媛肯定献过艺了，问出李媛媛表演的内容后，才回答说："父皇，罗公远不偏不倚，只教了我们一个幻戏。但我们根据这个幻戏的原理，重新编排出了不同的两个幻戏。"

"哦？媛媛的幻戏朕一眼就看出来了，不过是在核桃里塞上两颗慈石，袖子里做些机关，朕不好当面拆穿她罢了。你这个幻戏，居然跟她是同一个道理？"皇帝讶然。

可莹伸出手，从头上摘下一片花瓣，反转过来呈给皇帝看："父皇，这花瓣是我提前摘下来，在背后抹上慈石粉，再藏在树梢上的。然后，我在发髻中藏了几块慈石，这样当花瓣落下的时候，慈石的引力自然就把花瓣吸引过来了。"

皇帝有些心疼："你把慈石藏在发髻里，发髻会很重吧？"

可莹这才羞涩地低下头，伸手摸了摸后脖颈。要把慈石固定在发髻里可不容易，首先要重新将慈石打磨，然后用细绳绑成长条。之后把青丝盘起，将慈石埋在发髻里固定好。慈石很重，要用小铁夹进行簪发，使得整个发髻沉甸甸的，压得她脖子疼。

"只要博父皇一笑，儿臣不怕累。"可莹回答道。

皇帝点了点头："你是个孝顺孩子，那你想要什么赏赐？"

可莹一怔，莫名就想起了李轻羽。这个时候，如果她开口为李轻羽讨一份恩典，他很快就能平步青云，可是……

"父皇，儿臣都说了，只为博您一笑，您笑了，儿臣的愿望就满足了，还要什么赏赐啊。"可莹摇了摇头，耳下的明珠晃来晃去。

皇帝惊讶："你什么都不要？"

"儿臣要父皇开心，这个恩赐父皇已经给过了。"

皇帝眼中满是欣慰："可莹，还是你温厚体贴……你知道战国时的邹忌吗？"

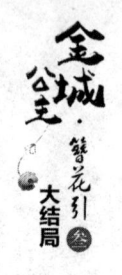

可莹心灵聪慧,一点就透:"父皇说的莫非是《邹忌讽齐王纳谏》?"

战国时,齐国有一个名叫邹忌的大臣,容貌俊美。有一天,邹忌听说,城北徐公是难得的美男子,他很好奇自己与徐公谁更俊美。

于是他分别向自己的妻子、妾室以及来访的宾客提问:"我和城北徐公,谁更美?"三人的回答一模一样:"当然是您更美了。"

然而,当邹忌见到徐公之后,才发现徐公比自己更俊美。妻子、妾室和宾客,全部对他说了谎话。

于是邹忌去见了齐王,感慨说:"我的妻子赞美我更俊美,是偏爱我;我的妾室称赞我,是害怕我;我的客人赞美我,是有求于我。齐国如今有方圆千里的疆土、上百座城池,宫中姬妾以及近臣,没有一个不偏爱大王的、不惧怕大王的、不有求于大王的,所以,大王受到的蒙蔽可不小啊!"

齐王听了,深感有理,鼓励上下向自己直言进谏,因此,齐国迅速强大起来。

可莹想到这儿,感慨万千:"父皇,莫非您觉得可莹跳舞给您,是有求于您?"

"太多人有求于朕,可是真心相待的又有几个?可莹,你是难能可贵的那一个,朕今日必然要赏你。"皇帝解下一块金灿灿的腰牌,递给她,"这个拿去吧。"

"这……"可莹为难。

"这是朕赏你的,不用推辞。"

闻言,可莹才将金牌接过来,只觉得后背上密密匝匝出了一层汗。御赐金牌,见此牌犹如面见圣上,可以让持牌者不受刑罚之苦,可获一次死罪大赦!

"父皇,这……"

皇帝说:"这个腰牌可以让你接受跪拜,有胆敢无礼者,可按藐视圣上论罪当斩!这个腰牌,也可以让你免受刑罚,保你性命。另外,朕也会允诺你,你可用这个腰牌,向朕提一个条件!"说完,皇帝深深地看她一眼,转身离去。

可莹拿着那块金牌，呆呆地站在风中，心里不知道是什么滋味。正想着，她忽然听到耳边传来一个不屑的声音："别装了，陛下都走远了，你装给谁看？"

"是你？"可莹转身，发现李媛媛正目光不善地望着自己。

李媛媛乜斜她手中的金牌，拍了拍手说："你是比我高明许多，简简单单一支舞，就得到了这么大的荣耀！"她脸上露出怨毒的神色，"李可莹，我最讨厌你这副惺惺作态的模样！得了御赐金牌还不知足吗？站在这里一脸落寞，炫耀什么呢！"

可莹冷眼看着她，说："没有惺惺作态，我是真的觉得很可惜。"

"什么？"

"如果我没有猜错，你方才表演幻戏后，向父皇提要求了吧？"可莹仔细观察着李媛媛，"失落的那个人，其实是父皇。他已经看出你们都不是真心待他，而是对他有所求！李媛媛，你能不能消停点儿？"

李媛媛脸上红一阵白一阵，从袖管里摸出了两只核桃，冷笑着说："别说得那样不食烟火，李可莹！别忘了，你和我同宗同族，我们都是出自邠王府！"

可莹扭过脸，不去看她。

"我们就像这两只核桃，虽然不在一处，可是我们之间有斩不断的联系！李可莹，你是李家的人，不是皇家的人，我们本应该联起手来，一起努力为父亲争取荣耀！"李媛媛越说越激动。

"荣耀……"可莹心头迷茫，望向澄澈的天空，"李媛媛，你知道我在想什么吗？我们争取的荣耀，能到达我们身上一分一毫吗？从现在开始过去一年、十年、百年、千年，到底还有谁能记得我们？"

李媛媛咬了咬下唇，回头看宫人们都在远处站着，才放心下来，压低声音说："你何必这样较真？身为女子，还能怎样呢？这世上所有的荣耀，从来都是男子的，没有我们半分！"

"既然没有我们半分，那你在争什么？"可莹冷笑着反驳，见李媛媛急

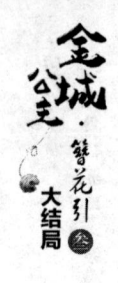

了，出言阻止她道，"我知道你又要搬出同宗同族那套理论了，但我没有你目光那样长远，我只想着我的娘亲……假如她当年没有入世家，是不是能嫁得良人，一生平安喜乐？"

李媛媛面色灰白，讷讷地说："李可莹，你果然还在怨这个。但是同样倒霉命苦的，不是你娘亲一个人啊！在这世上活着，没有家族权势的依仗，又只是一个妾室，就是会活得艰难啊！"

"所以，你们从来都没有把我娘亲当一个人看！"可莹的目光咄咄逼人，"你们习惯看到无权无势的女子受苦，想到的是她本该如此，却没有一个人质疑这世间不公！你们习惯地认同男子享尽尊荣，女子任劳任怨，却没有一个人去问到底是凭什么！你们理所应当地谋求荣华富贵，却没有扪心自问，自己到底配不配得到呢？"

李媛媛气得说不出话来："你……你……反了！"

"我就是反了，就是不顺从你们如此拜高踩低，是非不明！"李可莹说完，一甩袖子，快步离开。

李媛媛站在原地，目送可莹离去，齿缝里蹦出一句话："真是不知好歹，朽木不可雕也！"

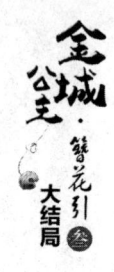

窗扇半开，日光懒洋洋地洒进来，照亮了地砖上的浮尘。

"咳咳……咳咳……"安乐公主坐在床榻边，一手撑床，一手捂住胸口，剧烈地咳嗽。

蓦然，门边传来响声。她抬起头，楚楚可怜地唤道："父皇，你终于肯来看儿臣了……"

"太医说你不吃药，是怎么回事？"皇帝走进门，浓眉紧蹙，"若你不服药，导致病情加重，朕可不会疼惜你半分！"

"父皇，不是儿臣不吃药，而是儿臣只有用这种方式才能见到您啊！"安乐公主眼泪涟涟，"罗公远害得儿臣缠绵病榻，要不是他使出什么天眇世的幻戏，儿臣怎么会吓出病来？"

皇帝捏了捏眉心："当时可莹也在。可莹也没有你这样窝囊，竟被吓破了胆！还有，朕后来听说，明明是你先去招惹罗公远的。"

安乐公主疯狂地摇头："父皇，是我先去招惹他没错，可是罗公远有错在先！他并非您看到的那副模样，在您面前弄虚作假，这是欺君之罪！"

"你什么意思？"

"罗公远行走江湖多年，无人知道他从何方来，但我知道……"安乐公主的眼睛里充满了恐惧，"他其实是一个十几岁的少年郎！"

皇帝犹豫道："不可能……"

"若不是天生妖异，他还能是什么？"安乐公主愤愤不平，"若当真不是妖人，那就说明他有灵丹妙药在身，却没有把这宝贝献给父皇！此等不忠不义之臣，人人得而诛之！"

皇帝觉得安乐公主是受了惊吓所以胡言乱语，对她的话并未在意："你说的这些，都不过是一面之词。"

"儿臣一定会找出证据，证明罗公远有异心！"安乐公主加重了语气。

皇帝只觉得疲累，当初那个笑语晏晏的小女儿，仿佛沉入时光的深井，再也寻不见了。

他没有回答,起身往外走。

"父皇!你不能放任妖人祸乱宫闱啊!"安乐公主不死心地说。

皇帝停住脚步,望着天边的一抹斜阳,反问道:"裹儿,还不够吗?"

"什么?"

"朕不管他是不是妖人,在他表演幻戏的时候,朕是轻松愉悦的,朕能暂时忘记这官里有多少明争暗斗!"他猛然回头,盯着安乐公主,"一直以来,只要是朕喜欢的、欣赏的,你们全都要破坏掉,因为怕朕留给你们的东西不够多!安乐,你已经是金枝玉叶,高高在上,你还要什么?难道要爬到朕的头上才算吗?"

这一番斥责,吓得安乐公主面如土色,嘴唇颤抖。

"父皇,儿臣以前是有过僭越之心,可父皇训诫过了,儿臣也静心思过了,此时此刻儿臣对您的孝心是真的,忠心也是真的,儿臣真的一心为了大唐!"安乐公主低头拭泪。

皇帝不再看她,提步往外面走去。

安乐公主依然掩面啜泣。

四周渐渐安静下来,只剩安乐公主低泣的声音。只是那声音越来越怪异,如同被掐住喉咙的小动物发出的嘶吼,最后演变成恐怖的哈哈大笑声。

安乐公主抬起头,目光却没有方才的柔弱感,反而流露出凶狠的神情。

"父皇,这样都骗不了你了呢……"

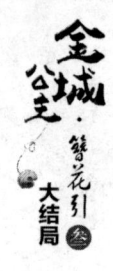

二

别馆里，可莹半卧在树下的软榻上，身下的凉簟传来丝丝凉意，驱散了不少暑热。她翻来覆去地看着手里的御赐金牌，心中疑窦丛生。

父皇为什么要赐给她这块金牌呢？

若说是赠礼，可以赐她一斛珠或者一斗金，没必要赠予她御赐金牌。这等于是给了她极大的权力！

不远处，侍奉李媛媛的宫女们不停地给她扇风纳凉，饶是这样，她的一张俏丽小脸还是被暑热熏出了红晕。李媛媛气急败坏地催问："罗公远怎么还不出现？我可是县主，他居然敢如此怠慢我！"

"公主、县主，罗大人今日乏了，交代说徒弟们自行练习即可。"贴身服侍罗公远日常起居的小厮兜儿走进院子，趾高气扬地说完，也不行礼，命身后的人将两只簸箕分别放在可莹和李媛媛面前，微笑着看向两人，"只要两位将黑芝麻里面的白芝麻拣出来，就可以了。"

两只簸箕里都盛满了黑芝麻，其中掺着星星点点的白芝麻。光辨别出白芝麻就足够让眼睛疼上半天了，何况还要拣出来。

李媛媛气得当场发作："他这是在捉弄本县主吗？"

兜儿晃着脑袋回答："这是县主说的，我可没说。"

"行了，我去拣。"可莹站起身，"只要拣出白芝麻，师父就答应见我们了，对吗？"

兜儿点点头："对，但前提是要把白芝麻全部拣出来。"

"明白了，我会拣出来。让师父见我的。"可莹回头对玲珑说，"拿上簸箕，我们走。"

玲珑急了，小声地说："公主，你真的要拣？仔细眼睛啊。这个罗公远，八成是在戏弄你呢。"

可莹淡淡一笑，似乎是说给自己，也好像是说给李媛媛听："师父命令，徒儿只有遵从的道理，这芝麻我拣定了，什么时候拣完了，什么时候才能回去。"说着，她转身往偏殿的方向走去。

玲珑跟了上去，"扑哧"一笑："公主，我明白了，您这是给县主下绊子呢。您和她都是罗公远的徒弟，您拣芝麻，她岂有不拣之理？"

可莹回头，果然看到李媛媛站在原地，正盯着她气得直跺脚。她莞尔一笑："并不是。"

玲珑不解其意，可莹却不慌不忙地走进了偏殿。她挑了一张椅子坐下来，将簸箕放在身侧，就开始拣起了芝麻。

"公主，这太辛苦了，不如我帮你吧？"玲珑凑过去说。

可莹摇了摇头说："不用，师父让我拣，我就拣，在他面前我不是金枝玉叶。"说着，她小心地将拣出来的白芝麻放到桃木茶几上。

此时天气干燥闷热，外头的蝉鸣有一声没一声地传过来，叫得人心里烦躁。

玲珑给可莹摇着扇子，看她白皙的额头上已经沁出了汗水，自言自语道："公主，这也太受罪了。"随即哼了一声，"平日里看罗公远，也不是这样刻薄的人啊……"

"平日里也没人要罗公远把毕生所学都拿出来啊！"可莹挺起腰，活动了一下酸麻的肩膀，"所以他现在强人所难，也能理解。"

"公主总是为他人着想。"

可莹只是笑了笑，没有回答。

一连三天，罗公远都闭门不见，只让兜儿给可莹和李媛媛派下去同样的任务——让她们把白芝麻从黑芝麻里拣出来。李媛媛气得几次要去皇帝面前告状，可莹却温顺地服从。

只要可莹不发难，李媛媛就没办法大闹。毕竟公主都服从的事情，她这个县主没道理拿这个说项。只是可莹一连三天拣芝麻，一拣就是两三个时辰，眼睛酸痛，让玲珑心疼不已。

"公主，我真不明白，你已经贵为公主，何必非要学幻戏呢？"偏殿里，玲珑一边摇扇子，一边问。

可莹停下手中动作："你不觉得幻戏很有意思吗？"

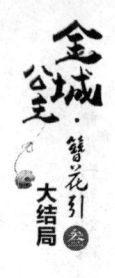

"是很有意思，可是看别人表演不是更有意思吗？何必要自己辛苦去学习呢？"玲珑问。

可莹愣了愣，干脆放下手中的芝麻："是啊，为什么要辛苦去学呢？"

玲珑还以为自己说服了可莹，正在暗自高兴，没想到可莹笑了笑继续说了下去："观看幻戏，是接受快乐。可是学习幻戏，你会把快乐带给别人。人人都想要得到幸福，可是我的幸福是把幸福带给别人。"

说话时，少女的脸庞沉浸在一片温柔秋光里，散发着淡淡光华。

玲珑又感动又惭愧："是，公主说得极是，是我多言了。"

可莹转了转灵动的大眼睛，点了点她的额头："不用感到羞愧，每个人有每个人的选择。去，帮我看看县主那边怎样了。"

玲珑点头，蹑手蹑脚地走到门口，侧耳倾听了一会儿，转身回到可莹身边："那边静悄悄的，没动静。"

"这可不像李媛媛的作风，她这种时候该是呼天抢地、漫天抱怨的。"可莹随口说了一句。

话音刚落，就听到外面传来一阵喧闹声。可莹耳朵尖，立即问："发生什么事了？"

两人匆匆走出偏殿，正看到兜儿从另一间偏殿里跑出来，一边跑一边喊："救命啊！救命啊！"

在他头顶上，一群黑压压的蜜蜂正在围着他转。兜儿一边伸手拍打蜜蜂，一边喊："别过来！师父救我！"

可莹大惊失色，正要后退，身后忽然刮来一阵清风，风中带了一抹青色，转眼间就挡在了她的面前。等她看清楚来人是罗公远，那群蜜蜂已经被他收入袖中。

"师父！"兜儿连滚带爬地扑上去，"还好你出现得及时啊，不然徒儿已经死了！"

罗公远瞥他一眼："兜儿，县主在这间偏殿里拣芝麻，你来这里做什么？"

"我……我来给县主送茶水……"兜儿立即白了脸。

说话时，李媛媛已经从偏殿里走了出来，满脸怒容，看到罗公远就数落起来："这里怎么会有蜇人的蜜蜂？罗公远，你不会是要害本县主吧？"

"县主言重了。"

"言重？金城公主也在这里，这蜜蜂要是伤到了她，可怎么办？"李媛媛瞪圆了眼睛，"我们可是皇亲国戚！"

罗公远回头看了可莹一眼，淡然问道："可是我看金城公主毫发无伤，而且不知道这蜜蜂为何只出现在县主的偏殿里呢？"

"我怎么知道？"李媛媛不服气地说。

"县主不知道，那就让我来说吧。这群蜜蜂的确是我养的，但是……"罗公远冷了神色，"我今天早晨告诉这群蜜蜂说，请他们帮我看着两位徒儿，一旦她们拣芝麻时偷懒，就帮我惩罚她们！"

李媛媛气得浑身颤抖："你……你竟敢……"

"可是，这蜜蜂只咬兜儿，这就奇怪了，到底发生了什么事呢？"罗公远故作神秘地将袍袖举高，放在耳边装作倾听的样子，"什么？你们说县主作弊？兜儿偷偷帮县主拣白芝麻？"

"我没有！"李媛媛顿时满脸通红。

兜儿也吓得立即跪在地上："师父，我没有，我只是送茶水……"

"你们的意思是，我这蜜蜂说谎了？可是我的蜜蜂为什么要说谎呢？蜜蜂不是人，不需要金钱傍身，也不需要权势加持，不像有的人拜高踩低、趋炎附势，凭什么要污蔑县主和兜儿呢？"罗公远慢悠悠地问。

李媛媛只觉得胸中憋了一口血："罗公远，你当本县主傻吗？蜜蜂怎么会说话呢？"

"我日日养蜂，早学会了蜂语，自然听得懂。"

李媛媛差点儿背过气去，论口舌辩白，她自然比不过老奸巨猾的罗公远。可莹在旁边看得忍俊不禁，忍不住帮腔："蜜蜂可不会骗人，只有人才会骗人。"

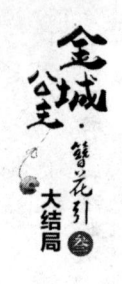

"好,就算是兜儿帮了我,也是不忍看我被苛待,这又怎么了?"李媛媛傲慢地说。

罗公远目光一沉,低头对兜儿说:"从今天开始,你不必叫我师父,出宫去吧!"

兜儿吓得浑身哆嗦:"师父……"

罗公远没有给兜儿说话的余地,只是甩甩手,立即有两个小厮将他架了出去。李媛媛呆呆地问:"你……你这是什么意思?"

"县主心里应该很清楚才是。"

"你这是灭我的威风,对吧?就因为兜儿帮了我!"李媛媛横眉冷对。

罗公远眯了眯眼睛,看着小厮们走远,才重新开了口:"县主心里应该清楚得很,兜儿是为谁做事,你又是为谁做事。"

可莹闻言,心中刮起凛凛狂风。

她承认,一开始她就猜到了罗公远的计划——他故意刁难李媛媛,让李媛媛不得不求助安乐公主安插在他身边的眼线兜儿。所以,无论罗公远交给她们多刁钻的任务,她都顺从地完成,就是给李媛媛压力,逼她出手。

不过,她没想到罗公远查出身边的内奸之后,居然直接戳破了这层窗户纸。要知道,有些事一旦说破,各种利益关系就会赤裸裸地暴露在阳光下,让人避无可避。

果然,李媛媛白了脸:"你什么意思?"

"是安乐公主派你来的吧?她好大的阵仗,之前收买了我的徒弟兜儿,让他偷了我的易容粉,现在又派来你,只是不知道她给你安排了什么任务。"罗公远似笑非笑地说。

李媛媛指着罗公远,咬牙道:"污蔑当朝公主,你可知是什么罪名吗?"

"我当然知道是何种罪名,就怕你没办法把这罪名安到我头上!"罗公远微微一笑,"你可有人证?"

李媛媛这才反应过来,前后左右扫视一圈,才发现自己的两名婢女也被罗公远的人架走了。若说人证,只有可莹,可她不会为自己做证的……

"李媛媛,你到现在还不知道自己犯了什么错吗?"可莹望着气急败坏的李媛媛,平静地说,"你被人当刀子使了,懂吗?"

"胡说!"

"若得手,你在安乐公主面前尚有一席之地。一旦失手,你就是弃子!这一点,你体会得难道还不够深吗?"可莹反问。

李媛媛沉默了。对安乐公主来说,她的确是招之即来,挥之即去,那可是大唐第一嫡公主,她不得不服从啊!

往日的屈辱历历在目——因为她没有办好安乐公主交代的差事,皇后和安乐足足捆了她十个巴掌。为了养伤,她一个月闭门不出,直到脸上的红肿渐渐消退。

"你说我是刀?"李媛媛的声音里充满了悲凉,"你过奖了。"

她不是刀。

刀要以精铁炼就,配以红缨流苏,用丝绸每日擦拭,在腰间佩带妥当。主人会对刀关怀备至,所以她怎么可能是刀?

表面上,她是风光无限的县主;实际上,在安乐公主面前,她不过是一只咬人的狗而已。

"媛媛,你曾经说过,我和你同宗同族,应该同仇敌忾。可你呢?你从来都没有将我视为你的亲人!"可莹垂下眼睫,眼底一片哀伤。

"你想知道安乐公主背地里是怎么说你的吗?"罗公远打了个响指,指尖飞出一只黑色的小虫子,"这叫听耳虫,让它进入你的耳后,只要靠近安乐公主,你就能听到她和别人的窃窃私语了。不过你得做好心理准备,估计她说你的话都不会太好听……"

"不用了!"李媛媛一脸绝望,"一直以来,都是我高攀安乐公主,她怎么看我,我早就明白了!"

可莹心疼地望着她:"媛媛……"

"现在事情败露,我在这里估计也演不下去了,索性都告诉你们吧。"李媛媛从袖中掏出一只小盒子,"这叫痒痒粉,只要沾染上一点儿,就会浑身奇

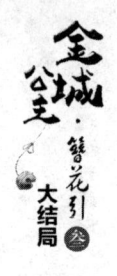

痒。安乐公主让我把这个弄到你的道具上,想让你当众出丑。只是还没等我把这个给兜儿,你们就发现了我。"

罗公远伸手,将小盒子拿在手里,笑得格外灿烂:"安乐公主真是个妙人儿,从哪儿弄来这么个神奇玩意儿?在下都想不到呢!"

可莹无语片刻,忍不住说:"师父,这个时候你难道不该愤怒吗?"

"愤怒伤身伤心,弄出病来无人替,我才不愤怒呢!"罗公远笑眯眯地说,"而且得了这么个宝贝,我高兴还来不及呢。"

李媛媛耸耸肩膀,硬声说:"行了,后会无期,以后我不会再来这里了,你们好自为之。"

她快步离开,背影像是在逃。

可莹看着李媛媛离开,扭头看向罗公远:"现在就只剩我一个徒弟了,如果你再不教我真东西,就说不过去了吧。"

"这个好说,我教你玩蜂吧。"罗公远甩了甩袍袖,"我这蜜蜂你也看到了,它们可是能探信的!"

"得了吧,师父,你发现李媛媛和兜儿的秘密,绝对不是靠蜜蜂。"

罗公远的笑容立即僵在脸上。

可莹看他表情,知道自己猜中了:"你能骗得了其他人,骗不了我!所谓的蜜蜂,只是你的幌子罢了,你真正的手法应该是——"

她歪着头想了想,自言自语地说:"《淮南子》中记载,淮南王曾经用几只水盆,隔着墙壁看到了墙后人的一举一动。我想,你也是用了这个方法,才看到兜儿帮李媛媛拣芝麻吧。这是光线折射的道理,和蜜蜂有什么关系。既然要教我,你就要拿出点儿诚意来!"

玲珑也附和说:"罗公远,你居然拿蜜蜂骗公主!亏我刚才还以为你真的会蜂语呢!"

罗公远哈哈一笑,光风霁月:"金城公主,你还用我教?你整日看些旁门左道的书,本事都快赶上半个我了!"

可莹脸上一红:"我不过是好奇罢了,你要是不教就算了,对徒弟藏私,你也不算光明磊落。"

她转身就走,再不看罗公远一眼。罗公远反而有些惋惜,扬声说:"我教你便是!从明天开始,你不用再拣芝麻了。"

可莹抿唇一笑,回头答应:"一言为定!"

她看到罗公远面上浮起了淡笑,如同水中涟漪,层层漾开。

从此，可莹隔三岔五地去罗公远那里学幻戏，技艺精进了不少。她学得认真，人也聪慧，很快就能够独立表演一两个幻戏，引得皇帝龙颜大悦。

对此事颇有微词的人只有李隆基。他常常皱起眉头，用一双深邃的眼睛看着可莹："身为大唐公主，怎么不学女红，净学这些技艺？"

可莹呵呵一笑，歪着头问李隆基："王爷，听说你在城北的禁苑中设了梨园，还亲自打羯鼓，是吗？"

李隆基来了兴致："那是自然，本王选了许多名伶，身段唱腔一绝……"他忽然意识到了什么，声音戛然而止。

可莹笑嘻嘻地看着他："身为大唐宗室，王爷不去研究治国政策，怎么整日沉迷于戏曲杂艺呢？"

李隆基呵呵笑了两声："金城公主真是伶牙俐齿，都知道以其人之道还治其人之身了。"他说完，喝了两口茶，就起身离开了。

可莹总觉得李隆基的神色有些不大对，又说不上来具体哪里不对。

玲珑在旁边悄悄地说："公主，临淄王是有自己的苦衷的。正因为他是大唐宗室，所以才不可以研究治国政策，否则……"

否则就会被人认为他对皇位存有妄想，从而引来杀身之祸。

可莹闻言，心里有些后悔，刚才实在不该逞一时口舌之快，竟忘了他的处境。

"是我说错话，惹王爷不快了。其实我知道他满腔抱负，却为了避嫌，只能整日沉迷于梨园。"可莹愧疚地说。

玲珑正想说什么，忽然"啊"了一声："这不是王爷的随身之物吗？"

可莹顺着玲珑的视线望去，只见一块青玉静静地躺在地上："他刚刚走得太急了，佩玉掉了都没注意到。"

"公主，我给王爷送去吧。这块玉对他很重要，若是王爷发现玉不见了，肯定非常着急。"玲珑将那块青玉捡起来，用手绢小心地擦拭着。

可莹点了点头，让玲珑快去快回。玲珑答应了一声，匆匆走出宫苑。

四周安静下来，可莹顿时觉得疲累。

连日来，她按照罗公远的要求练习幻戏手法，两条胳膊又酸又麻，手指也隐隐作痛。旁边有个说话的人倒还好，要是独自练习，这种不适感就会如潮水般涌来。

三步开外的木架上，放置着泡有玫瑰花的温水。可莹将双手浸泡在水里，嗅着淡淡的花香，双臂也放松下来。水温适宜，温暖从指间涌向全身，最后入骨入髓，让她觉得四肢百骸都舒坦了。

她闭着眼睛，一边哼着歌，一边拨动着水盆里的水，连玫瑰花水渐渐凉了也没察觉。

忽然，有人将她的手一把从水里抓起："水这样冷，你泡了多久？万一寒气侵体了怎么办？"

可莹睁开眼睛，看到李轻羽正满脸怒容地盯着她。她赶紧拿过布巾擦了擦手："皇兄，我心里有底，再说天气热，哪儿那么容易就寒气侵体了？"

"泡久了就是不大好。"李轻羽仔细地检查了一遍她的手指，"这又是罗公远让你做的吧？堂堂公主，竟然被这等小人捉弄！"

"不是，这是我用来舒缓手指的。"可莹知道李轻羽素来不喜欢罗公远，"幻戏是一门高深的艺术，需要无比灵活的手指，是我不知轻重，练习太久了。"

李轻羽面覆寒霜："不管怎么样，你以后离罗公远远一点儿！"

可莹俏皮一笑："你嫉妒了？"

"我能嫉妒这种江湖骗子？我是恼他欺君！"李轻羽毫不客气。

话音刚落，罗公远就从门外飘然而至，扫了李轻羽和可莹一眼，傲慢地说："好啊，我居然沦落到被人说成是江湖骗子。可是，陛下隔三岔五地就要我去为他表演，对我宠爱有加！你的意思难道是说，陛下愚钝至此，一直在被我蒙骗吗？若我是欺君，那你就是辱君！"

李轻羽横他一眼："你倒是有一箩筐的道理，就是不知道你这话敢不敢在陛下面前说说呢？"

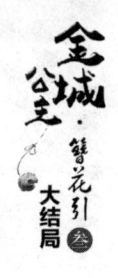

眼看空气中的火药味越来越浓重，可莹忙站出来解围："行了行了，你们就别吵了，天色不早，我得回宫了。"

"玲珑呢？怎么没见到她？"李轻羽问。

可莹望了望天色，心里也感到奇怪："她说去给临淄王送青玉，怎么这么久了还没回来？"

李轻羽提步就往外走："我去找找她。"

罗公远抽了抽鼻子，摸着下巴沉吟道："不太对劲……"

可莹心头一紧，忙问："怎么了？"

罗公远没说话，只是做了个手势，让她跟上。可莹加快步伐，和罗公远一起往外走："师父，你快告诉我，发生什么事了？"

"那边飘过来一股血腥味。"罗公远伸手指向东边宫道。可莹顿时想到了什么，整个人如坠冰窟一般，浑身冰冷。

罗公远顾不上礼仪，架起可莹的胳膊，运了轻功就往散发血腥味的方向掠去。

这边是别馆，地势偏僻，少有宫人来往，所以若是出了什么事情，还真的是叫天天不应，叫地地不灵。

他们在宫道上七拐八绕，总算在昏暗天色里看到几个可疑的人影。李轻羽叱道："什么人？在干什么？"

那几个人影一怔，慌慌张张地四散逃开。可莹定睛一看，九曲回廊中，玲珑悄无声息地趴在地上，一股鲜血像艳红的小蛇一般，从她的后背蜿蜒而下。

可莹的眼泪瞬间流了下来，轻轻喊了一声"玲珑"，脚下发软，无法前进。李轻羽已经快步上前，一把按在玲珑后背的伤口上，抬起左臂，用牙齿咬住袖口，"刺啦"一声扯下一根布条。

罗公远扬手，一道弧线从掌心飞了出去。李轻羽下意识地抬手一抓，发现是个小瓷瓶。

"金创药，止血生肌。"罗公远面无表情地说。

李轻羽点头，将药粉撒到玲珑的伤口上，然后用布条给她熟练地包扎起

来。之后,他才伸出两指放在她的鼻下,眉头深深地拧了起来。

可莹跌跌撞撞地跑到她跟前,颤声问:"怎么样?"

"放心,她还活着。"李轻羽松了口气。

"玲珑?玲珑你醒醒!"可莹想要把玲珑扳过来,可是她的身体似有千斤重,就那样趴在地上一动不动。李轻羽急了,也伸手去扳,却意外地发现她纹丝不动。

可莹急了:"这是怎么回事?"

玲珑很瘦,不过区区二三钧的重量,可是她此时牢牢趴在地上,可莹和李轻羽两个人居然都无法挪动。

可莹抬头,看到罗公远呆呆地站着,眼中微有泪光。她忍不住问:"罗公远,你见多识广,这是怎么回事?"

罗公远没有回答,只是蹲下来,轻声对玲珑说:"梅丫头,王爷的东西你护住了,别怕,别怕……"

他伸出手,轻轻抬动玲珑的肩膀。这一次,玲珑终于失了所有的力气,慢慢地被翻转过来。

可莹这才发现,原来玲珑方才抱着从地砖里钻出的树根,手里紧紧攥着一个东西,只露出半截丝线。

"玲珑……"可莹哽咽着唤她。

玲珑使劲睁开眼睛,看清楚是可莹,才勉强挤出一个微笑:"公主,王爷的东西,我护住了……"

她展开手掌,露出手心里的那块青玉。

这块青玉虽是和田玉,但成色并不是最佳。在遍地宝物的皇宫里,这块青玉简直不值一文。

可是在玲珑心里,纵然是天大的宝贝,也比不过这块青玉。这块玉沾染了那个人的体温,被那个人放在手心里摩挲,那这块玉就是天底下最重要的东西。她哪怕豁出命去,也要守护好这块青玉。

可莹一愣,下意识地看了李轻羽一眼,果然看到李轻羽神色黯然。不过,

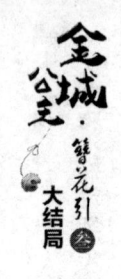

他很快恢复常态，对玲珑轻轻地说："你做得很好，我会帮你把这块玉交给临淄王，放心。"

玲珑艰难地点了点头，就晕了过去。

可莹吓了一跳，忙去探玲珑的鼻息。李轻羽安慰她说："别怕，她只是疼晕过去而已。"

可莹这才放下心来，协助李轻羽和罗公远一同将玲珑送回宫。

夜色迷茫。

可莹站在宫室外，呆呆地望着回廊下一排整齐的八角宫灯，脑中千头万绪撞得她头痛。

李轻羽更是落寞，他站在昏暗的角落里，背影和树影融为一体，显得那样凄凉。

"皇兄，我本打算让玲珑和青儿一样，年龄到了就送出宫去，现在看来……"可莹低下头，苦笑着看着手里的青玉，"她不想出宫。"

李轻羽将青玉拿起，轻轻放在掌心："她喜欢临淄王。"

可莹自嘲一笑："你不觉得讽刺吗？有的人想要逃离，有的人却想留下。同样的东西，在我们眼里是累赘，在他人眼里却是繁华。"

"此之砒霜，彼之蜜糖。我们想要抛弃的东西，可能正是玲珑最向往的。无论如何，我尊重她的选择。"李轻羽说。

可莹轻轻地摇了摇头："我担心玲珑选择了这条路，并不会得到幸福。"

临淄王并不是表面看上去那样，只是个富贵清闲的王爷，就算他真的只想沉迷于梨园戏曲，过闲云野鹤的生活，他身边的谋臣、门客、亲眷也不会任由他如此。

皇权之争，从来都是处处白骨。生在帝王家，从来都没有退路。

"可是就算刀架在脖子上，梅丫头也回不到过去了。"身后传来罗公远幽幽的声音。

可莹回头，看到罗公远恢复少年模样，靠坐在檀木栏杆上，一身宽袍缓带被夜风吹得微微波动，那双桃花眼也更添妩媚。

"人心是比幻戏还要变幻莫测的东西，幻戏尚且有道理可循，人心却不从章法。我们可以打个赌，就算梅丫头知道她跟了临淄王会不得善终，也会如此选择，你们说呢？"罗公远说。

李轻羽皱了皱眉头，却没有反驳："不用赌，我知道她会做何选择。"

可莹更是无言以对。

爱是毫无章法、毫无理性的一种冲动，即便前方是刀山火海，玲珑也会义无反顾地跳下去。

罗公远满意地点了点头："现在最重要的问题是有人盯上了金城公主，我们还是尽快把这件事奏报陛下，然后请旨彻查。"

"不行，一旦彻查，宫里所有人的目光肯定都集中在了公主身上，到时候陛下定会往这边多安排侍卫。若都是忠心耿耿的也就罢了，若是混进一两只老鼠，公主岂不是更危险？"李轻羽摸着下巴，说出了心头的担忧。

可莹点了点头："既然玲珑没有大碍，暂时就瞒而不报吧。其实，动手的人是谁，我们心知肚明。"

能明目张胆地跟踪她，在别馆附近对玲珑动手，拥有这样大的权力的人，还能是谁呢？

李轻羽眸中燃烧着怒火，望向安乐公主宫苑的方向。许久，他才重新开口："我近日打探到一些消息，安乐公主从宫外请来一位幻戏师，每日也在刻苦学习幻戏。"

"她想利用幻戏争宠？"罗公远哑然失笑，"那你知道她请的人是谁吗？我桃李满天下，说不定是我的一个学生。"

在幻戏这方面，罗公远可谓翘楚，说不定安乐公主请来的幻戏师还真的曾经拜在罗公远门下。

李轻羽瞄了他一眼，冷笑道："这我不知道，但你们把安乐公主想得太简单了。她学习幻戏，不一定是为了争宠。"

"那是为什么？"

李轻羽认真地看着可莹："今日玲珑出事，就是一个预兆。安乐公主说不

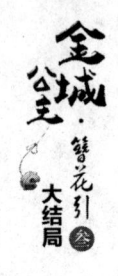

定是想要拆穿幻戏的把戏，让你们在宫里变成一个笑话。"

可莹不寒而栗。

为什么罗公远如此忌讳将幻戏外传？是因为幻戏不是真正的法术，而是用一些机关、窍门和道具安排好的表演。

一旦有人将这些关键公之于众，那么幻戏师就只能黯然收场。往轻了说，幻戏师会沦为笑柄；往重了说，幻戏师失去了生存的依仗。

罗公远摸着下巴，呵呵一笑："想不到安乐公主还真的把我们当回事儿了，先釜底抽薪，再将我们除之而后快！"

"有我在，她谁也除不掉。"李轻羽硬声说，声音里的冷意如岁寒冰雪。

可莹回头望向宫室，玲珑的呼吸声虚弱而微小，如风中的一线蛛丝，颤抖着几乎要断掉。

风如刀，霜同剑。在这世间，曾有许多人弱如蛛丝，被风霜狠狠肆虐，不留下一丝痕迹。现在是时候让这些风霜明白，他们也有无可奈何的时刻！

"兵来将挡，水来土掩，他人以兵戈相见，我自有三尺青锋相待！"可莹斩钉截铁地说，眸光里透着坚毅的光芒。

四

玲珑的伤不算太重，经过数日的精心调养，已经恢复了大半。只是，可莹总觉得她眉间锁愁，似乎有什么心事。

这一日，天清气爽，可莹让宫女们去前院打扫，自己在后院的树下练习幻戏手法。

罗公远说得不错，在幻戏表演中，手法是第一重要的，唯快不破。只有练就灵活的手指，才能将幻戏表演到没有破绽的地步。

"公主，你练了这么久，还是喝口茶吧。"身后传来玲珑的声音。

可莹回头，发现玲珑端着一杯茶，怯怯地站在身后。卧病数日，玲珑的脸色有些苍白，嘴唇更是没有血色。

她忙起身，将茶水接过："你怎么起来做事了，不是让你休息养伤吗？"

"公主，我的身体已经大好了，毕竟只是皮肉伤，还是尽早恢复差事才是。"玲珑垂着眼睫说。

可莹用茶杯盖拨弄着茶水，看碧绿的茶叶在水中沉浮，叹了口气："我自然知道你的伤好了，但是你还没等来那个探病的人，所以你心里头宁愿自己还是伤势未愈的吧？"

被说中心事，玲珑眼眶顿时一红。

这些天，她盼着临淄王能够来探望自己，可总是失望。真正让她痛苦的，不是背上的伤，而是迟迟不见那个人来嘘寒问暖。

哪怕李隆基只来这里看自己一眼，没有只言片语，她也觉得值得了。

"他是王爷，公事繁忙，不好轻易抽身，你不要往心里去。"可莹喝了一小口茶，观察着玲珑的神色。

玲珑苦苦一笑："公主不必安慰我，我身份低微，王爷记得有我这个人就不错了，哪里还指望他来看望我。"

"那不行，你是为了保护他的贴身之物而受伤的，这不一样。"

"说到这里，玲珑有一事不解。"玲珑抬起一双茫然的眼眸，"王爷很喜欢那块青玉，可是我听说那只是他前年才得到的。对于见惯天下珠宝的王爷，

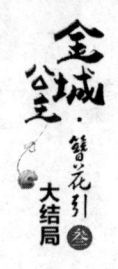

他为什么会如此重视那块青玉呢？"

可莹望着万里无云的长天，悠悠地说："我也只是听说……那是窦德妃当年的陪嫁之物。"

玲珑"啊"了一声，沉默不语。

当年窦德妃被诬陷致死，所用之物全部被毁，李隆基多年来苦苦寻得的也只有这一块青玉牌罢了。

难怪这块青玉最不起眼，却最受他待见。

两人站在树下，一时沉默不语，只有树叶在头顶上簌簌而响。

就在这时，宫苑外突然走进来一名宫女，捧着一只红绸覆盖的托盘，柔声说："公主，临淄王送来一件谢礼，说是给梅姑娘的。"

"梅姑娘？"可莹愣了一下才想起来，临淄王喜欢用"梅"代指玲珑。她俏皮地看了一眼玲珑："是临淄王送来的，这下你高兴了吧？"

玲珑扭过身子："公主快别取笑我了。"

宫女抿唇一笑，将托盘放到树下的青石桌上，转身离开。可莹打趣玲珑："你不过来瞧瞧临淄王送了什么东西？"

"不看了，公主替我收起来吧。"玲珑的声音里居然带着点儿哭腔。

可莹大为诧异，不知道玲珑这是怎么了，方才还巴巴地盼着他来，可他的礼物到了，玲珑却不高兴了。

她正想问什么，忽然看到李轻羽衣袂飘飘地往这边走来。玲珑屈膝行礼，刚要说什么，李轻羽已经问了出来："眼睛怎么红红的？"

玲珑咬着下唇不说话。

李轻羽走到石桌前，看了托盘一眼。可莹笑吟吟地说："这是临淄王送给玲珑的礼物，也不知道怎么惹了她。"

"临淄王意趣高雅，想来这定是什么宝贝吧。"李轻羽揭开红绸，看到托盘上的玉簪，微微一笑，伸手在那玉簪上抚摸了一下。只是眨眼的工夫，那玉簪就消失不见了！

可莹讶然："啊！皇兄，玉簪呢？"

　　李轻羽一脸无辜的表情："我没有看到玉簪。我正想问你呢，这临淄王送的礼物到哪里去了？"

　　玲珑急了，转身匆匆走过来，在托盘上摸来摸去，却一无所获。她结结巴巴地问："怎么会没有呢？"

　　"咦？你不是不关心他送的礼物吗？"可莹笑嘻嘻地问。

　　玲珑脸颊一红，不知道如何作答。

　　李轻羽淡淡一笑，说："临淄王送的玉簪早就被你收起来了，你还问我们。"

　　"我哪有收……"玲珑委屈极了。

　　李轻羽看她这副窘迫的模样，也不打算继续逗她了，抬手在她眼前一晃，手上居然凭空变出一枚洁白剔透的玉簪。

　　玲珑惊喜地说："这是他送给我的吗？"

　　李轻羽避开她的手，将玉簪插进她乌黑的发髻中，赞叹道："临淄王果然好眼光，这簪子十分衬你。"

　　玲珑害羞得低头笑了，如娇花照水，温柔可人。

　　可莹"扑哧"一声笑出来，嗔怪地问："皇兄，你不是说罗公远是江湖骗子吗？你刚才那个凭空变簪的小幻戏，是跟谁学的？"

　　李轻羽闻言，略微尴尬，不自在地说："若不是为了你，为了防备安乐公主，我何至于沦落到学幻戏的地步。"

　　"原来如此，我还以为你和罗公远不打不相识，握手言欢了呢。"可莹笑着说。

　　李轻羽重重地咳嗽起来，一副被呛到的样子："那种江湖骗子，我怎么可能和他结交呢？我是为了你和玲珑！"

　　"可是，我昨天在宫苑门口，远远望见了你和那个'江湖骗子'同行呢！"玲珑歪着头说。

　　李轻羽懊恼地捏着眉心："有时候，我觉得罗公远也不是那么爱骗人……"

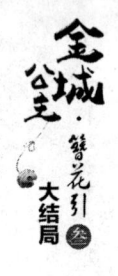

那副强撑颜面的神情,落在可莹眼里,显得格外可爱。可莹心情大好,和玲珑笑得前仰后合。

等遣开了玲珑,李轻羽才问可莹:"你知道玲珑为什么明明知道临淄王赠了她礼物,却不高兴吗?"

"为什么?"

"礼到,人未到。"

可莹恍然大悟。

原来,玲珑要的不是泼天富贵、漫天荣华,而是一人心。

可莹心中无限唏嘘,忍不住说:"玲珑用情至深,只可惜皇家没有真心,将来注定被辜负。"

李轻羽定定地看着她:"那你呢?可曾想过自己?"

可莹知道他意有所指,莫名想起了善擦拉温写来的书信,脸颊发烫,忙侧过脸说:"说这个做什么?都是远得没边儿的事。"

太远了。

善擦拉温远在吐蕃,那里的土地和天空最接近,那里的土地和大唐也最遥远。千山万水,一重又一重,她要越过高山低谷、江河湖海才能到达那里。

可莹心里非常清楚,分开她和善擦拉温的,不只是千山万水,还有一道宫墙。

多少红颜弹指老,老在宫墙柳旁,老在鸳鸯瓦下。

"可能这辈子,我都会留在大唐,留在长安。"可莹涩然一笑,"这样也不错,至少这个笼子足够大,不是吗?"

就算是禁锢着她的笼子,也是华美的。就算不得自由,好歹此生有人庇护。这样,已经足够了。

李轻羽眸色深沉:"笼子是够大,但若有一天你觉得这笼子小了,我便劈了它。"

劈了这笼子,推了这堵墙。

如果你想要自由。

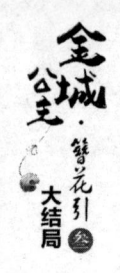

一连过了数日,可莹都无法忘记李轻羽的这番话。

她常常走神,想起李轻羽那张坚毅的、颇有少年英气的脸。他说,他要劈开这笼子,只要她嫌这笼子太小。

就像罗公远曾经问她,天眇世是一个无拘无束的神仙境地,她想不想离开这里,去天眇世?

可是,身无双飞翼,她又怎么能去那样一个天上桃源呢?

可莹一边想,一边自嘲地摇着头。她原本在练习罗公远教的一个丝带幻戏,但是想起了李轻羽的话,再想想自己的未来,心情低落下来,再也没办法集中精力。

此时,玲珑匆匆走进来,禀报说:"公主,陛下派人传话来,说御花园的一株'十八学士'开了,请您过去共赏!"

"为我更衣,我这就去。"可莹起身,忽然想到什么,"你可问清楚了,还有谁在御花园?"

"皇后、淑妃、安乐公主和县主都在,听说也喊了罗公远去。"玲珑小心翼翼地回答。

可莹太阳穴突突一跳,心里顿时有了不祥的预感。和她不对付的人都在御花园,今日又会有一场大戏要上演了。

"公主,要不你称病吧?依我看,这恐怕……"玲珑欲言又止。

可莹明白,皇后等人近日作风不似之前,嚣张跋扈却又不留下任何破绽。她所居住的宫苑很是偏远,等赏完"十八学士"再回宫已经很晚了,不知道会不会发生什么意外……

"撒谎反而容易落人口舌,还是去吧。"可莹心念一动,"记住,派人去通知八皇子,让他也去。"

有李轻羽在场,她也安心一点儿。

玲珑答应,吩咐宫女立即去办。

可莹坐上轿辇,约莫半个时辰的工夫,才到御花园。还没到地方,她就听到茶花园那边传来阵阵笑声，皇后的声音格外清脆："这'十八学士'果真是花中极品，花瓣层叠，十分漂亮啊。"

"父皇，这样美的'十八学士'，能挪到我宫里头吗？"安乐公主的声音娇滴滴的。

只听皇帝"呵呵"笑了笑："裹儿见了好东西就跟朕要，朕的宝贝都要被你搬空了。"

这话有些尴尬，气氛顿时冷了下来。

可莹适时地让人通报，迤迤然走进茶园，抬眼看到皇后、安乐公主和李媛媛不悦地望着自己，而淑妃只顾赏花，倒是看也不看她。李轻羽和罗公远在边上站着，只是在可莹进园的时候，用目光和她交流了一下，又迅速移开。

可莹上前，装作没听到刚才对话的样子，微笑地问："父皇和母后在谈论这十八学士吗？"

安乐公主抚摸着一朵朱红茶花："是我见这'十八学士'开得喜人，就想搬到自己宫里，可是父皇说我把他的好东西都快搬空了。"

可莹一笑，看向皇帝："安乐姐姐不是想要宝贝，而是看父皇喜欢茶花，想挪一两株茶花去自己宫里，好让父皇多去看望她呢！"说着，她俏皮地歪了歪脑袋，"安乐姐姐，那可不行，到时候父皇只惦记着你一个人，冷落了我们怎么办？"

皇帝哈哈一笑："那不会，都是朕的女儿，朕都喜欢。"

安乐公主瞪了可莹一眼，自顾自赏花去了。可莹抿唇一笑，站直身体，和李轻羽对视一眼，彼此的眼神里都满是疑惑。

方才可莹用三言两语化解了尴尬气氛，但让她惊讶的是，在皇帝面前安乐公主一向八面玲珑，皇后从来都善解人意，方才却大有故意惹怒龙颜的意图，这简直太不正常了。

难道，她们是故意激怒皇帝的？

可莹按下满心疑惑，陪同皇帝等人赏花。茶花树上，"十八学士"朵朵绝美绽放，层层叠叠的花瓣包裹着鹅黄的花蕊，在春风中轻轻摇曳，散发出淡淡

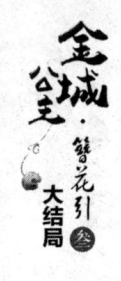

的清香。

淑妃望着一株"十八学士",笑吟吟地开了口:"别说是安乐公主,就是臣妾看了这'十八学士',也很想要呢!金城公主,这花如此美丽,难道你不想要吗?"

可莹平静地回答:"儿臣愚笨,万一这'十八学士'挪到儿臣宫里,儿臣却没有养好,那多可惜。"

她可不敢要这么名贵的花。名贵的花都是美而易碎的,万一这"十八学士"在她宫里枯萎了,那就是她对圣意大不敬。

"无妨,本官可以派几个得心应手的花匠过去帮忙照料。陛下,你对这几个孩子别太苛刻,她们喜欢,就赏给她们吧。"淑妃看向可莹,娇嗔道,"金城公主,你平时没这么淡泊的啊!还是真的不喜欢这'十八学士'?"可莹明白,自己再推辞,真的让皇帝以为自己不喜欢这"十八学士",就会扫了皇帝的兴致。

皇帝问:"金城公主,淑妃说会派工匠过去照顾,如此你是否想要这'十八学士'?"

可莹没法拒绝,只得回答:"回父皇,儿臣确实心动。"

皇后赶紧说:"陛下,臣妾倒是有个提议,不知道当讲不当讲。"

"讲。"

"这'十八学士'如此名贵,不可轻易挪动。既然公主们都很喜欢'十八学士',不如就让孩子们各展才艺以悦龙颜,表演得好的便可得这赏赐。臣妾听闻公主和县主最近都对幻戏很感兴趣,也各自学习了一段时间,不如今日就让她们比试一下吧!至于赏赐嘛——"她一指远处的工匠,"赏她们花种和工匠,岂不是更好?"

可莹心里"咯噔"了一下,总觉得哪里不对劲,可也不知道皇后到底打的什么算盘,只能温然说:"母后说得极是。"

"皇后娘娘这是让我和金城公主表演幻戏了吗?"李媛媛笑着说,"说起来,我和公主都师承罗公远,我自认不比她差呢!今日师父也在,正好让师父评一评。"

罗公远呵呵一笑:"县主放心,微臣一定会一视同仁的。"他看了一眼四周,"不过,就在这里表演吗?"

"就在这里,有何不妥?"皇后笑吟吟地反问道。

罗公远低眉敛首:"回皇后,并无不妥。"然而,他深深地看了一眼可莹。

可莹瞬间明白罗公远这一眼的用意。

他在担心可莹会露出破绽。在这样近的距离表演幻术,这么多双眼睛盯着,很容易被人看出关窍。幻术师的一次失败,就会碎掉她所营造出来的神秘形象,也宣告着表演生涯的终结。

可莹也明白,只要她失败一次,那么就再也不能为皇帝表演幻术了。

"事先说好,你们可不要糊弄陛下,要拿出最拿手的幻戏来。"皇后说。

可莹知道山雨欲来,心里有些紧张,可箭在弦上,不得不发,她也只能硬着头皮答应:"是,母后。"

茶花园占地不大,栽种着各种名贵茶花,花木郁郁葱葱。皇帝和皇后距离可莹不过五步之遥,安乐公主和李嫒嫒站在她的侧后方。四双眼睛盯着,想要不露破绽,还真的有点儿困难。

她这么一出神,李嫒嫒已经开始了表演。

只见李嫒嫒从袖子里掏出一枚银锭子,苦恼地摇了摇头:"昨天在东市,我看中了一枚翡翠扳指,可是店主开价特别高,我只剩这点儿钱,这可怎么办?"

皇帝哈哈大笑:"你们邠王府还没钱买翡翠扳指?"

"父王生性节俭,给我们这些子女的钱财自然不多,所以我买不起那个翡翠扳指。"李嫒嫒对着银锭子叹了口气,表情哀伤,手握成拳。

她仰头,将握着银锭子的手放在唇边,喃喃自语:"上苍啊,小女诚心祈求您,赐我更多的财富吧!"

说着,她闭上眼睛,口中念念有词。不多时,她伸开手掌,手心里的银锭

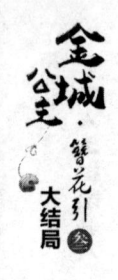

子，居然变成了一只金元宝！

"上苍果然垂怜我，这下可以去买翡翠扳指了！"李媛媛笑得眉眼弯弯，却忽然皱起眉头，"不对不对，买了翡翠扳指，还得有其他翡翠首饰来搭配，我需要更多的金元宝。"

李媛媛将金元宝握起来，继续闭目祈求："上苍，求你垂怜小女，赐给我更多的财富吧！"

说完，她缓缓睁开眼睛。

皇帝很感兴趣，忍不住问："媛媛，这次你手里的是什么啊？"

"陛下请看。"李媛媛慢慢展开了手掌。可是掌心并没有金元宝，只有一张纸。

皇帝捻须大笑："你看你，太贪心了，上苍不给你元宝，换成银票了！"

李轻羽目光锐利，直接问道："县主，莫非你的幻戏失败了？本来应该有两只金元宝的吧？"

李媛媛笑容僵硬，慢慢展开那张纸："幻戏没有失败，我原本就想变出银票的……"

然而，她的表情在下一刻陡然一变。

那不是一张银票，而是一张纸，上面写着一行字："贪心不足蛇吞象"。

可莹一愣，下意识地看向罗公远，心里不由得暗暗称奇。她知道，李媛媛的本意肯定是要变出两只金元宝的，没想到罗公远居然有这样的本事，替换掉了道具，让李媛媛变出一张纸。

"这……这……"李媛媛目瞪口呆。

淑妃伶俐，率先反应过来，温声问："媛媛，你是想用这个幻戏告诉我们，财富要靠双手劳动去获得，不能只靠祈求上苍，对吗？"

"对！"李媛媛赶紧弥补自己的失误，"臣女就是这个意思。"

皇帝温和地笑着点了点头，看向可莹。

可莹知道该来的总会来，大方地上前一步说："父皇，县主的幻戏真是精彩，儿臣自愧不如，斗胆献丑了。"

她从袖中掏出一条绣帕，向众人展示，只见绣帕的一角，绣着一株含苞待放的菊花。

"菊花本不到盛开的季节，但为了博父皇高兴，这朵菊花决定绽放花颜，让父皇得以观赏。"可莹认真地说。

安乐公主冷笑："金城，这菊花是绣在帕子上的，怎么绽放？"

可莹微微一笑，将帕子攥在手里，露出一角，然后向手背吹了口气，再拉住露出的那个角，一点点地将帕子拉了出来。

再次展开的时候，帕子上的菊花花苞果然绽放了！

那是一朵十分美丽的金线菊，花瓣金灿灿的，似有清香。皇帝鼓掌赞道："好！"

"父皇，儿臣想着，这样灵秀聪慧的花，一定还有其他能耐。"可莹托着帕子，"说不定，它能凌空轻飞。"

说着，她将两只手往旁边一推，那帕子竟然真的浮在半空！

随着可莹双手的动作，帕子在半空中飞来飞去。罗公远看着可莹，目光温柔如一江春水。

皇帝正要赞叹，安乐公主却哈哈一笑："可莹，你手指间有丝线，所以帕子才会飞！"

可莹心头一惊，有些慌乱。

安乐公主经过幻戏师的教导，果然非同以往，一眼就看出了关键。这个幻戏的关键就是提前将帕子两角的透明丝线神不知鬼不觉地缠在手指上，这样两手撑开，看上去就像是让帕子飞起来一般。

一旦说出这个秘密，这个幻术就像一个笑话般，经不起推敲。

可莹忙将帕子收在手里："安乐姐姐，我手指间并没有丝线，不信你可以检查。"

"你当我笨吗？幻戏师的道具是不会轻易被旁人发现破绽的，除非你把这个幻戏再表演一遍，我亲自去检查你手指间有没有丝线。"安乐公主

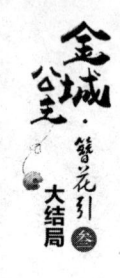

得意扬扬地说。

可莹心头顿时烧起一把火,安乐公主这是摆明了要让她当众变成一个笑话!

皇帝看出可莹的懊恼,出声调和:"算了算了,不过是个表演,何必当真呢。"

"陛下,不能这样算了,不然大家还以为金城公主糊弄陛下呢。就让金城公主把刚才的幻戏再表演一遍吧。"罗公远突然开口说道。

可莹心头震惊,他要自己再表演一次?再表演一次,她可就露馅了!

然而,站在一旁的李轻羽轻轻地点了点头,示意可莹不用担心。他眉目如画,俊雅非凡,站在茶花树旁边,清雅祥和。

可莹莫名就安下心来,答应再表演一次。她深吸一口气,用双手托起帕子。帕子上的丝线,已经缠绕在她的手指上,她的双手往两边一撑,帕子再一次浮在半空。

安乐公主得意地走了过去:"你别动,我要看看你的手指上有没有丝线,被抓了你可不要哭鼻子哦。"

可莹紧张得手心出汗,却也做好了当众出丑的准备。安乐公主走到她跟前,如同一只捉弄老鼠的猫,双手在帕子周围来回摸索。然而,她很快就变了脸色:"丝线呢?"

可莹也很意外,丝线什么时候消失了?

可莹下意识地收回双手,发现那条帕子没有了丝线的支撑,依然浮动在半空。安乐公主疯狂地在帕子四周乱抓:"丝线呢?应该有两条丝线啊!"

"安乐姐姐,这帕子是没有丝线辅助的,你看错了。"可莹眨巴着水润杏眼,一脸无辜。

安乐直接将帕子抓在手里,抖了一抖:"难道帕子自己会飞?金城,你告诉我这到底是怎么做到的?"

李轻羽轻咳一声:"安乐公主,幻戏是给大家带来欢乐的,若你执意要拆穿,那就没意思了。"

可莹点头称是："安乐姐姐，你为什么非要我露出破绽呢？要是父皇和母后知道我是怎么让帕子飞起来的，那还有什么趣味？"

安乐公主眉头紧皱："可是我明明看到你手指上缠着丝线……"

罗公远哈哈一笑，打断了安乐公主的话："安乐公主，你看错了，金城公主手上没有丝线。"

他稳步上前，将帕子从安乐公主手中拿起，往空中一抛，那帕子就稳稳地浮在了半空中。

皇帝瞪大眼睛，指着罗公远说："真神人也！"

皇后没办法，只能跟着称赞："罗公远真是名不虚传啊。"只有淑妃盯着那帕子，眼神冰冷。

"安乐公主，你看我手上有丝线吗？"罗公远反转手腕，那帕子围着他的手飞来飞去，似一只翩跹的蝴蝶。

可莹看得目不转睛，对罗公远佩服得五体投地。她没想到罗公远的技艺竟然如此超凡，不用丝线，也能让帕子飞舞！

安乐公主目瞪口呆，根本无法破解罗公远的幻戏。

"安乐公主，幻戏师不是神棍，是用实实在在的功夫来逗观众一乐。他们春夏秋冬都在苦练，就是为了能让幻戏呈现得更加逼真，让你们能够开怀大笑，而不仅仅是为了骗过你们的眼睛。所以，就算公主有朝一日看穿了我们的秘密，也请为我们保密，让我们能够继续表演幻戏。"罗公远语气恳切。

安乐公主被说得哑口无言，却还想要反驳。就在这时，皇帝打断了她。

"行了，裹儿，就你喜欢追根究底。你要表演什么，赶紧开始吧。"

安乐公主恭敬地答："是，父皇。"她柔柔开口，"金城妹妹刚才表演了空中浮绢，那我就献上一个蝶恋花吧。"

"花和蝴蝶，很应景啊。"淑妃往四周看了看，"可是，这里没有蝴蝶呀。"

安乐公主迤迤然走到一株茶花树旁："没有蝴蝶，我可以召唤一些蝴蝶出来。"

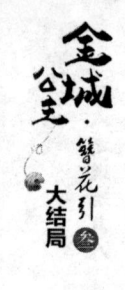

说着,她从茶花树上摘下一片叶子,放在手里揉搓了几下,然后将碎屑撒向半空。刹那间,许多白蝴蝶扑闪扑闪地出现,仿佛是那些叶子碎屑变成的一般。

可莹一眼就看出那些蝴蝶是从安乐公主的袖子里飞出来的,她没有吭声,只是微笑。皇后就不同了,惊喜地问:"裹儿,这些蝴蝶真美,都是你召唤出来的吗?"

"父皇、母后,漂亮吗?"安乐公主巧笑倩兮,"不过,儿臣觉得还少了点儿色彩,您说呢?"

淑妃问:"莫非,你还能召唤出不同颜色的蝴蝶?"

"淑妃娘娘想要的话,儿臣定当竭力而为。"安乐公主乖巧地回答。

淑妃沉吟了一下,说:"茶花以白色居多,我看这园子里的色调太过清淡,不如请安乐公主召唤一些蓝蝶来,如何?"

安乐公主从树上掐下两片叶子,捏在手里边揉边说:"那儿臣试试看,儿臣自己也不知道能不能成功呢!"

说着,她将揉碎的叶子向半空中撒出,同时巧妙地将袖子展开。果然,一群蓝蝶扑扇扑扇地从袖子中飞了出来,在花丛中曼舞起来。

安乐公主得意地看向皇帝:"父皇,您喜欢什么颜色的蝴蝶?儿臣给您召唤出来。"

皇帝眉开眼笑地说:"那就黄色的蝴蝶吧!"

安乐公主又从树上摘下几片树叶,和之前一样,在手心里揉了揉,然后抛撒向半空中。眨眼间,一群黄色蝴蝶便出现了,和白蝴蝶、蓝蝴蝶混在一起,在花间徜徉。此情此景,赏心悦目。

皇后眉眼间尽是喜色,看向罗公远:"罗公远,你看哪一个幻戏更精彩呢?"

罗公远淡笑着回答:"回禀皇后娘娘,臣觉得每一个都用了心思,她们的这份孝心,都应该得到嘉奖。"

"朕都赏。"皇帝话中带着深意,"都是为了赏花助兴,就不该有高低之分，赏她们每人一份'十八学士'的花种和十个工匠吧！"

可莹和李嫒嫒、安乐公主一同谢恩，心里压着的一块巨石这才落了地。

只是，当她起身的时候，忽然看到安乐公主神情古怪，身体像筛糠般抖动起来。

起初，安乐公主努力压抑着自己，身体只是轻微地颤抖。很快，她的动作幅度越来越大，表情也迅速扭曲起来。皇后注意到了她的异常，狠狠地瞪了她一眼。

可是安乐公主没有任何收敛，反而忍不住伸手在身体上乱抓起来。

"裹儿，你怎么了？"皇帝诧异地问。

安乐公主跪地道："父皇，儿臣突然身体不适，先行告退。"说完，她不等皇帝允准，忽然就起身匆匆离去。

皇帝目瞪口呆，望着安乐公主离去的背影，喃喃地说："方才不还好好的嘛，怎么突然……"

皇后内心惊慌，掩饰道："陛下，裹儿的身体向来不好，也许对花粉有些过敏也未可知，等晚些时候，臣妾派人去瞧瞧她就是了。"

皇帝并没有再多问什么，将注意力转移到盛开的茶花上。

可莹觉得蹊跷，偷偷看了一眼李嫒嫒，发现她好整以暇地赏花，嘴角浮出一抹自得的笑意。

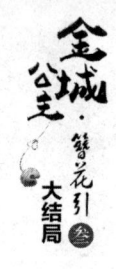

二

"公主!公主!"

宫室里一团混乱,绫罗绸缎散落一地,地上躺着无数块名贵瓷器的碎片,在一刻钟之前,它们还是出自江南名窑的精美瓷器。

安乐公主只穿了单衣,双手伸进衣服里四处乱抓,边抓边喊:"痒!好痒啊!痒啊!"

因为用力过度,她的皮肤已经被抓出了许多小血口,血迹慢慢渗透了单衣,像一条条血色蜈蚣。

宫女们跪了一地,苦苦哀求:"安乐公主,您不能抓啊!太医说了,抓了之后您身体上会留疤的!"

"砍了太医!"安乐公主披头散发,暴怒地喊,"用了他们的药,为什么还会这样痒呢?"

她浑身如同爬满了小虫,每一寸皮肤都痒得难受。安乐公主终于控制不住,随手拿起一只瓷枕,往宫门口扔去:"滚!都给我滚!"

瓷枕"咚"的一声砸在正踏进门的皇后头上,皇后尖叫一声往后仰去,血瞬间淌了下来。

"母后!"安乐公主赶紧下床,膝行过去。

宫女们七手八脚地用干净纱布给皇后按住伤口,就要去喊太医。皇后愤怒地阻止宫女:"别喊太医了,还嫌不够丢人吗?"

"母后,我好痒啊!是可莹害我的吗?"安乐公主的眼眸里噙满了泪水,委屈地问。

皇后大喘了几口气,才愤愤地说:"除了她还能有谁?咱们是吃了暗亏了!"她心疼地摸着安乐公主单衣上的血迹,"我的儿,你受苦了……"

"母后,要不我去给可莹认个错,求她饶了我?"安乐公主又开始四处抓挠起来,"我痒啊,真的好难受!"

"不许去!"皇后瞪大眼睛。她用纱布使劲按着自己的伤口,费力地站起身来,"痒几天就不痒了,别忘了你是嫡公主!"

安乐公主委屈地抱住膝盖："母后，儿臣实在不懂，可莹表演的'空中浮绢'就是绢帕上系了透明丝线才做到的！为什么我去找的时候，却找不到呢？"

皇后心疼地摸着安乐公主的脸："别纠结这个了，肯定是有什么鬼把戏在里面……"她瞪向其他宫女，"那名幻戏师呢？给本宫砍了！没本事的东西，居然连区区幻戏也看不穿！"

安乐公主打了个冷战，似乎暂时忘记了身体上的痛苦。皇后将她搂紧在怀里，喃喃地说："我的好女儿，如果这样让你好受一点儿，母后再去处决几个人……"

"不，母后，那样的话，父皇会更不喜欢我。"安乐公主涕泪涟涟，"我是真的很想让父皇只喜欢我一个人。"

皇后眯了眯眼睛，没有说话，而是扬了扬手，让宫室里的宫女都离开。

许久，她才将安乐公主有些蓬乱的头发轻轻抚顺，柔声说："是，你父皇只会疼爱你一个人。如果他不肯，那要他这个父皇也没有什么用了。"

顺我者昌，逆我者亡……

三

　　八角小亭里，可莹猛然打了个冷战。她下意识地拢住衣领，心里一股不祥的预感不停地涌动上来……

　　"冷吗？"李轻羽将披风解下来，给可莹披上。可莹摇了摇头，却没有拒绝他为自己系上披风领带。

　　罗公远坐在亭子的栏杆上喝酒，看到李轻羽的动作，伸手将自己的披风解下来丢给可莹："别穿他的，穿我的。"

　　"这……"可莹抱着他的披风，十分为难。

　　李轻羽不悦，将罗公远的披风一把丢了回去："我的披风是用名贵绸缎夹绒制成的，你的未免不够挡风。"

　　"别啰唆，穿我的。"罗公远将披风扔了回来。

　　"多此一举，穿我的。"披风又被扔了回去。

　　"我的。"

　　"必须我的！"

　　……

　　可莹忍无可忍，终于火了："你们别像小孩一样，行吗？"

　　罗公远丝毫不在意，"嘿嘿"笑着："小公主，我的披风里有重重机关，可以让你变出十种百种的幻戏！你不是最想学幻戏吗？"

　　可莹有一瞬间的犹豫，可是抬头一看，李轻羽拉长了脸，不由得"扑哧"一笑："师父，我是很想学幻戏，可是我不想伤了我皇兄的心啊，所以我不能要你的披风。"

　　"可莹……"李轻羽有些感动。

　　可莹噘起嘴巴，不高兴地说："师父，你明明很欣赏我皇兄，为什么非要和他别别扭扭的呢？难道你小心眼，一直记得他说你是江湖骗子这件事吗？"

　　罗公远脸上一红，气急败坏地说："谁能心大到被人骂骗子还不生气的，有吗？"

　　"我知道师父不是骗子，昨天师父还帮我解了围，简直是太厉害了！"可

第四章 其人之道治其人

莹知道罗公远最喜欢恭维，走过去给他捶背，"师父可不可以告诉我，你是怎么让绢帕在没有借助丝线的情况下，在半空飞舞的呀？"

罗公远哼了一声，傲娇地扭过头。

"师父？"可莹歪着头看他。

罗公远的脸更红了，果然把刚才和李轻羽的争执忘到了九霄云外，轻咳两声说："看在你乖巧伶俐的分上，为师就告诉你——"

"你是用内力驱使绢帕在空中飞舞的。准确来说，那是武功，不是幻戏。"李轻羽靠在柱子上，忽然开口打断了罗公远的话。

可莹顿时失望地低下头："啊……原来是这样，看来我不用继续学习幻戏了，再学也赶不上师父的十分之一。"

难怪在安乐公主要扯下帕子的那一瞬间，她感觉到指间扫过一阵风，接着那两根支撑绢帕的丝线就断了……

原来，一直是罗公远用内力在旁边悄悄地帮她。

"你是公主，学什么幻戏，还是别学了，从现在开始你和罗公远不是师徒关系了！"李轻羽无视可莹的郁郁寡欢，冷冷地说。

"你不说话，没人把你当哑巴！"罗公远把酒壶砸向李轻羽。李轻羽一把接住酒壶，仰头痛饮起来。

罗公远立即换了一副谄媚的笑脸，对可莹说："小公主，别听你皇兄的，我一定能研究出不用内力和丝线也能表演'空中浮绢'的办法。"

可莹重重地点了点头："嗯！"

李轻羽狠狠瞪了罗公远一眼，刚要继续喝酒，却将酒壶放下来："收声！有人来了。"

可莹踮足眺望，目光在黑暗中搜寻。果然，黑暗中匆匆走来一名窈窕少女，黑色风帽将她的脸遮挡得严严实实，只露出俏丽的下巴。

可莹迅速和李轻羽对视了一眼："真的是她？"

"是她，李媛媛。"李轻羽一跃而起，跳到凉亭外，伏在地上静静地听了一会儿，才起身说，"只有她一个人，没有其他人。"

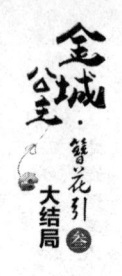

可莹这才放下心来，在凉亭的石桌前坐了下来。

昨日陪皇帝赏花之后，李媛媛怒气冲冲地质问可莹，安乐公主突然异常，是不是可莹对安乐公主做了什么。

然而就在李媛媛转身之际，却靠在可莹耳边说，要和她在宫里的这处凉亭见面。可莹弄不清楚李媛媛葫芦里卖的什么药，但她觉得，既然李媛媛在皇后和淑妃面前假装和她敌对，那这次约见，就是不想让皇后和淑妃发觉。

李媛媛究竟想说什么？

可莹心里一边琢磨，一边看着李媛媛走进凉亭。李媛媛看了李轻羽一眼，冷笑道："放心吧，我身后没有人跟着。"

"你作恶多端，也别怪我们防备你。"李轻羽毫不相让，冷冷地抛出一句话。

以李媛媛的脾气，必定会和李轻羽争吵下去。可莹忙起身劝说道："媛媛，你既然找我，想必有重要的事情告知。现在这个亭子里的都是自己人，你但说无妨。"

李媛媛猛然转身："不想说了。"

平地忽然刮起一阵清风，李媛媛只觉得那股风劲道有力，卷起她的长发扑在脸上，下意识地抬手遮挡。等放下胳膊，她才看清楚罗公远和李轻羽两人双双挡在面前，拦住了她的去路。

"不说清楚，你就别想离开。"李轻羽未束的墨发在风中散开，眼神冷厉如雪，整个人犹如暗夜修罗。

李媛媛吓得连连后退，可莹忙上前说："媛媛，你到底想说什么？"

"你们有必要一直怀疑我吗？我以前是做了许多错事，可是我现在清醒了，明白了！再说，上次还是我帮你们整治安乐公主的，罗公远，难道你忘了吗？"李媛媛咬牙切齿地说。

罗公远"哦"了一声，歪着头挠下巴："是，我想起来了，是县主立的功劳！你们还记得痒痒粉吗？我让县主给安乐公主用上，没想到她还真的照做了！"

第四章 其人之道治其人

李轻羽一扭头，目光锐利："罗公远，这事你怎么没告诉我？"

"我凭什么告诉你啊？这事跟你和金城公主都没关系。将来安乐公主发现了，也赖不到你们头上。"罗公远的笑容有些无耻。

李轻羽一愣，态度有所缓和。

可莹哭笑不得，心里也明白了七八分。安乐公主当时表演的幻戏，是用叶子变蝴蝶。这个幻戏的关键，是提前将蝴蝶藏在袖子里。但是，她没有办法将不同颜色的蝴蝶分开藏起。

其实，安乐公主藏在袖子里的全部是白蝴蝶。然后，她在袖口的机关里藏上色粉。当淑妃要蓝蝴蝶的时候，她暗中将机关拨到撒射蓝色粉末的位置，当白蝴蝶飞出的时候，就会沾上蓝色粉，看上去就像是蓝色蝴蝶；当皇帝要黄色蝴蝶的时候，她把机关拨到撒射黄色粉末的位置，这样白蝴蝶被染成黄蝴蝶，这个幻戏也就完成了。

李媛媛肯定是在色粉里加了痒痒粉。这样，安乐公主表演幻戏的时候，会多多少少沾到痒痒粉，才患上了奇痒无比的怪病。

"罗公远，你太欠考虑了，这样除了激怒安乐公主，没有其他意义啊！"可莹又好气又好笑地说。

罗公远挠了挠脸，露出无辜的笑容："谁让她想给我下痒痒粉来着，我这是以其人之道，还治其人之身。"

李媛媛泪光闪闪地望向可莹："你看，所有人都为你着想，生怕伤到你半分！我呢？我就是那个冒险的棋子，这回我把安乐公主害了，等回头安乐公主发现我，肯定要把我生吞活剥了。"

可莹冷静地问："媛媛，你把我约到这里，难道就是为了向我诉苦吗？"

李轻羽也反应过来，问："媛媛，我知道你现在和我们是同一阵营了，所以你今日来，是想告诉我们什么机密，对吗？"

"这件事事关重大，我……"李媛媛犹豫地从袖子里掏出一个纸包，颤巍巍地递给了罗公远。

罗公远眯了眯眼睛，周身散发出危险气息："这是什么？"

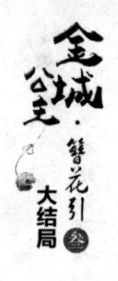

重压之下，李媛媛更加害怕："是……是我偶然看见，皇后娘娘下在陛下汤里的东西。"

可莹倒吸一口冷气："媛媛！"

李轻羽也变了脸色。在场的四个人，尽管没有说出口，但彼此心里都明白这意味着什么。

难道皇后想要弑君？

"这事，我不知道该找谁说。父王听我起了个头，就让我闭嘴，说这事会给邠王府带来大祸。我良心上过不去，就想方设法地把这个东西偷出来了一点儿。如果这是普通的养身药粉，我就心安了。如果这是大逆不道的东西，你们千万别说这是我偷出来的。"李媛媛一边说着，一边流眼泪。

可莹走上前，将李媛媛的双手握住。那双手冰冷纤细，似乎失去了所有的温度。

李媛媛一边抽泣，一边说："你的袖子里硬硬的，是什么？"

可莹这才回神，将御赐金牌掏了出来。

李媛媛的笑容更加凄凉，眼泪也流得更凶："你看，你才是陛下心尖上疼爱的公主。他赐给你这个，就是怕别人伤了你，害了你。我呢？我有什么？如果我当初不投靠安乐公主，我能用什么傍身呢？"

可莹默默无言。父王贵为邠王，连他都如此惧怕皇后和安乐公主，更何况是李媛媛。

罗公远将那包药小心地拆开，放在鼻下轻轻嗅了嗅，然后怒极反笑："没想到是这个。"

"罗公远，这究竟是什么？"李轻羽问。

罗公远没有回答李轻羽的问题，却看向可莹："小公主，你还记得我给你讲过的天眇世吗？"

可莹点点头。

"那些仙境全都是我们脑中的错觉，而造成错觉的，就是这包药粉……"罗公远将药包举起，"这个东西，主要的成分是曼陀罗粉，可以让人产生幻觉。本来这药粉是无毒的，但绝对不能直接服用，否则将令人神经错乱，做出非常举动！"

可莹闻言，顿时浑身冰冷。

皇后居然将这包药粉放在汤饭里给陛下服用了？

她究竟想做什么？

"现在怎么办？我们该怎么揭发皇后？"李轻羽狠狠地往凉亭的柱子上砸了一拳。

罗公远沉吟着说："这事，非得王爷去办。"

"临淄王？他能做的事，我也能做。"李轻羽蹙紧长眉。

罗公远耸了耸肩膀："梨园每日都派优伶去给陛下唱戏，临淄王每日都能面见圣上。你呢？你有什么理由每日面见圣上？就算你能找出理由，皇后察觉到异常，很快就会发觉你的异样。到时候她反过来咬我们一口，那就糟了！"

"对，如果我们没有可靠的证据，就贸然揭发皇后，反而会引起皇后的反扑。"李媛媛神色黯然。

可莹下定决心，对李媛媛说："你先回去，在皇后和安乐公主面前，你不要露出任何破绽！这件事在你这里到此为止，我们会想办法的。"

李媛媛怯怯地点了点头："那你们也要小心。"

"我送你回去。"罗公远打了个响指，凉亭上方突然降下一道巨大的黑影，落在他的身前。

那是机械鸟，巨大的翅膀垂在两边，还在轻轻颤动。

"这……这也太引人注意了吧。"李媛媛后退一步。

罗公远跃到鸟背上，斜看她一眼："地上跑的，管不住天上飞的！总好过你摸黑回去，被人发现你是谁要强得多！"

李媛媛迟疑地爬上鸟背，边爬边哆嗦着自言自语："也是，就算发现天上有只鸟，谁还能把它射下来。"

罗公远使劲拍了下鸟头，扬声说："走喽！"机械鸟便扇动翅膀，一飞冲天，成为云霄之上的一个黑点。

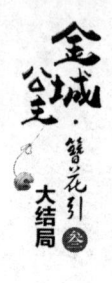

可莹仰望着天幕，目光悠远，风将那头浓密乌黑的长发散开，如同上好的墨缎。

"你说，李媛媛可信吗？"她幽幽地问。

李轻羽摇了摇头："不可信，如果她是骗我们的，我们正好中了圈套。而且，我总觉得哪里不对劲……"

"什么？"

李轻羽拧着眉头，慢慢地说："平心而论，如果安乐公主想要掌握朝政的话，我们根本就够不上拦路虎的分量！她为什么会针对我们？"

可莹也想过这件事，却百思不得其解。她下定决心，说："这件事不要让临淄王去做，交给我。"

"不行！"李轻羽吃惊。

可莹沉默了一下，将金牌放在手心里："如果被皇后和安乐姐姐察觉，我还有这块金牌，可以免死一次！皇兄，我是最适合做这件事的人！"

话音未落，她唇上立即一片冰凉。

李轻羽抬起手中的剑，将剑柄按在她的唇上。

金属特有的质感，从唇上直达心底。可莹睁大眼睛看着李轻羽，他的脸色在月光照耀下，惨白、哀恸、决绝。

"这是父皇赐给我的剑……你闻一下这剑上的味道，无论我洗过多少次，都洗不掉那股血腥味。"

"你的确是做这件事最合适的人，但是……"他顿了顿，继续说，"在我心里，你永远是最不合适的人。我不想让你冒险，不想你受伤，不想你拼上任何东西。你到底懂不懂？"

夜色里，他压低了声音，可是每一个字，都清晰地传到可莹的耳朵里。

她眼前一阵模糊，脸颊上有冰凉的泪水滑过。

"谢谢你……"

当她想冲到前方的时候，总是有一个人，将她挡在身后，护她周全。

宫道上，一队优伶正低头垂手走着。在队伍的最前方，李隆基骑着马，旁边是小碎步跟上的玲珑。她穿着一身水粉色的舞衣，衣角处缀着一排流苏，走起路来不停晃动，犹如风中杨柳。

李隆基眯了眯眼睛，望见远处宫顶连绵不绝，宫殿巍峨，尽显皇家气派。在东北方，就是集中了皇权的大明宫。

金碧辉煌，独占风流。

李隆基心下微动，回头看向匆忙赶路的玲珑，温声问："累了吧？要不，你上马来。"

"王爷，这不合礼节。我不累。"玲珑羞红了脸。

李隆基点了点头："梅丫头，你今天要做什么，说什么，可都记牢了？"

"记住了，一定不会露出破绽。"

李隆基回过头，以一种低不可闻的声音自言自语地说："可惜，早晚……都会露出破绽的。"

等到了大明宫，李隆基翻身下马，让宫人牵走马匹，领着优伶们走进大殿行礼。皇帝正在书案前批改奏章，见他进来，道："都免礼吧，这里没有太多人，不必那么多繁文缛节。"

"谢陛下。"李隆基起身，转身对优伶们说："你们开始为陛下表演吧，记得要打起十二分的精神来。"

"是！"优伶们回答。

皇帝注意到了站在一旁的玲珑，问："这不是金城公主身边的宫女吗？她怎么也在这里？"

"回禀陛下，宫女玲珑能歌善舞，会舞香，特来献上一舞。"

"舞香？"皇帝来了兴致，"这个倒是没听说过。"

李隆基回答："燃香之后，会有一线香烟，缭绕不绝。玲珑以舞姿摆动香烟，远远望去，犹如置身云雾之中，绝美无比。"

"哦？"皇帝惊叹，"世间还有如此舞蹈？那快点儿表演吧。"

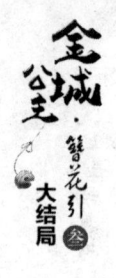

李隆基和玲珑对视一眼,微微点了点头。他们都看到皇帝面前放置着一碗汤药,是御膳房准备的。

玲珑在黄金香笼里点上香片,看着乌青色的香烟袅袅升起。蓦然,她一甩舞袖,香烟顿时随着衣袖翻转,被卷成了一个大烟圈。

玲珑没有停歇,继续用另一只舞袖一卷,将另一股香烟也缠弄过来,在她腰间形成了一个半弧。

她就这样舞着,慢慢将香烟都拢到自己身边。一抬手,如同在湖中掬起清泉,带起一串优美的弧度。渐渐地,她身边的烟雾越来越多,弥漫四周,却又经久不散。

远远望去,玲珑恍若在天宫舞蹈,脚踩云,手舞烟,身绕白雾,衣裙上的流苏俨然生翅,化为白鸟,与她一同起舞。

皇帝怔怔地看着:"这香烟居然能这样久都不散?"

"陛下,这是玲珑亲自调配的香料,香烟持久,是专门用来舞香的。"李隆基在旁边解释道。

皇帝赞叹:"今日一见,才知道书中所写的'翩若游龙,婉若惊鸿'所言非虚!"他抽了抽鼻子,"这香味很是特殊啊!"

"玲珑是香坊出身,后来家道中落,才……"李隆基说了一半,皇帝就已经明白了他的意思,记起了安乐公主做的荒唐事,哼了一声,说:"安乐公主跋扈,是她对不起玲珑。"

李隆基安抚道:"陛下,还请用心欣赏香舞,错过了就可惜了。"

皇帝点了点头,目不转睛地望着玲珑,端起桌案上的汤碗,轻轻地喝下一口。

同时,李隆基和玲珑的目光在半空中交织,很快又移开。他们心里都明白,皇帝喝下去的汤,再也没有曼陀罗粉的作用。

因为这香舞。

罗公远拿到曼陀罗粉之后,连夜翻查药谱,终于找出了化解的药方。他将药方交给玲珑,掺进了香方里,制成了香片。然后,玲珑在御前表演舞香，让解药不知不觉地进入到皇帝体内。这样，皇帝再喝汤，就不会中曼陀罗粉的毒了。

这个计划很冒险，却也是唯一的两全之计。

思及此，李隆基抬手抹去额旁的一滴汗水，向优伶们使了个眼色。正在弹奏的优伶忙改换曲调，很快，音乐停歇，香炉里的香片也燃烧殆尽。

玲珑收起舞袖，跪地温婉说道："陛下，奴婢献丑了。"

"妙！妙啊！真想不到，这世间除了花草树木，还有香可以伴舞。"皇帝满意地说，"以后，你就和临淄王一同来给朕献舞吧！"

"谢陛下。"玲珑喜不自胜。

从大殿出来时，夕阳西下，李隆基的影子被拉得很长很长。玲珑乐滋滋地跟在李隆基的身后，一时玩心大起，踩着李隆基的影子，嘿嘿地笑了起来。

蓦然，那影子不动了。

玲珑惊讶地抬头，看到李隆基正回头看她："笑什么？"

"没笑什么，我……"玲珑哪敢说自己在踩他的影子玩，忙编了个理由，"第一次离王爷这么近，我开心。"

李隆基薄唇微挑："第一次吗？我记得你好几次都离我挺近的。哦对了，今日的差事办得不错。你放心，我不会亏待你的。"

玲珑被他赞赏，却不高兴，反而有些失望。她不甘心地问："王爷，你只说差事办得好，那我的舞跳得好看吗？"

"差事就是跳舞，这不是一个意思吗？"

"不是，当然不是！"玲珑急了。差事办得好，说明她作为一颗棋子，发挥了恰当的作用。但是舞跳得好，说明她在李隆基眼里，是一个会弄香、会跳舞的美人。

一个是棋子，一个是人，这当然是不同的意思。

李隆基随口答道："嗯，舞跳得也好。"

玲珑听出了话中的敷衍，失望极了，索性扭过头去，再也不看李隆基。然而就是这一瞬间，李隆基看到了玲珑乌黑发髻里的一根洁白剔透的玉簪，忍不

住说:"真好看。"

"什么?"玲珑惊喜地回头。

李隆基指了指她发髻上的玉簪:"当我看到这根簪子的时候,就觉得最适合你。"

玲珑歪头摸着簪子,羞涩地说:"只要是王爷送的,梅丫头都喜欢。"

李隆基笑了笑:"谢谢你,上次为了护住我的玉牌,差点儿丢了命。但是梅丫头,你要记住,那东西我再珍视,也比不过人命。你要是有个三长两短,那玉牌岂不是背了一份罪孽?你要记住,你是这天地间十分重要的一个人。"

玲珑感动极了,嘴唇翕动了几下,想说些什么,最后一个字也没有说出口,只是眼眶微红。

她自幼就是一名小小香奴,所做的香料都是供应给达官贵人的,听到最多的一句话就是"上头要是不满意,仔细你们的脑袋"。似乎,所有人都认为,香料比人命重要得多。

如今她终于遇到了一个人,认定她是十分重要的人。

这天地间,再也没有比这更幸福的事了。

玲珑悄悄转过脸去,抹掉脸颊上的一滴泪。再转回来的时候,她的脸上已经没有了泪痕,满是春花般的笑容。

"记住了,王爷。"玲珑郑重其事地说。

李隆基回过头,步伐轩昂地往前走去。玲珑跟在他身后,深深地凝视着他的背影,似乎要记住每一个细节。

五

从此以后，李隆基每日都入宫，想方设法地让皇帝接触到掺有解药的香片，以此来化解汤药中的曼陀罗毒。

可莹偶尔也会面见皇帝，腰间佩戴的香囊里，也放了解药。她偷偷观察了一下皇帝，发现他的脸色的确比以前要红润，精神也好了许多。

看来，李媛媛带来的情报是真的。

这个发现并没有让可莹感到快乐，相反，她更加忧心。曼陀罗毒对皇帝的身体没有发挥效用，皇后会不会换其他的毒药？会不会怀疑其中有什么蹊跷？

李轻羽听了她的疑虑，安慰道："放心吧，临淄王正在查找曼陀罗粉的来源，一旦确定，这就是皇后弑君的最大证据。到时候哪怕凶险万分，我们也要直接禀报父皇。"

可莹这才稍稍宽心，忽而想起一事："若是太子得力些，我们也不至于找到临淄王。"

太子李重俊从来不被皇帝所喜，也被皇后和安乐公主忌惮，是一个在夹缝中生存的人。他位居东宫，本应该雷厉风行，为皇帝分忧解愁，可惜这么个软弱性子，自保都已经很难，更别说……

"你真的以为太子软弱？"李轻羽忽然笑了笑。

"难道不是吗？"可莹反问。

李轻羽仰头，目光放远，望着天边的夕阳："就算是一只兔子，久居东宫，也会变成吃人的猛虎！他不是软弱，只是在韬光养晦。"

可莹无奈地摇了摇头："所以太子处处躲着皇后和安乐公主，而我们其实替他挡了许多明枪暗箭？"

"通往皇位的路上，我们从来都不是拦路虎，可为什么皇后和安乐公主总是针对我们？"李轻羽皱着眉头，"我觉得这件事简直解释不通，不能掉以轻心。"

可莹无措地点头，脑海中莫名浮现出一张绝美的脸——淑妃。

这件事会是淑妃的安排吗？

因为她不肯服从淑妃的安排，所以淑妃就假借皇后和安乐公主的手除掉他们，同时也是分散皇后和安乐公主的注意力。如果皇后只有太子一个目标，轻而易举地除掉，安乐公主很快就能上位称帝。如果皇后要打击的目标太多，就会自顾不暇，力量也分散许多，正好被制衡。

淑妃娘娘，你到底想做什么？难道你也想从皇权里分一杯羹吗？

可莹不寒而栗。

与此同时，淑妃正在自己的宫苑里，摇着扇子看花匠们种植"十八学士"。

一名宫女匆匆走到淑妃跟前，耳语一番。

淑妃神色一冷，摆了摆手，让宫女退下。

"有意思，陛下的头疼病好久没犯了。"淑妃自言自语地说，"真没想到，皇后的把戏这么快就暴露了。鹿死谁手，原来一直都不确定呢！"

她歪坐在贵妃榻上，伸出纤纤玉手，抚摸着面前的一朵茶花："'十八学士'，多名贵的花……若人人拥有，岂不是太没意思了？"

本来嘛，名贵的东西，就只能最尊贵的人才能拥有。

其他的人，配吗？

可莹坐在廊檐下,手执一片掉落的树叶,怔怔地看着上面的脉络。落叶归根,可是她的未来在哪里?

"扑棱棱——"天上忽然降下一只信鸽。

可莹惊喜地将信鸽抱在怀里。这是她和善擦拉温通信的工具,每个月他都会用信鸽送来一封信。

这封信是装在小铁盒里,绑在信鸽的脚上,经过各地的驿站,千里迢迢地送到这深宫里来。虽然知道这是他好几个月前写的,但她每次读信,还是带着满满的期待。

"咦?无字?"可莹打开小铁盒,抽出藏在里面的羊皮卷,却没有看到上面有任何字迹。

善擦拉温费尽周折,却给了她一封无字信,他到底想说什么?

可莹抓着那张羊皮卷,越想内心就越沉重。就在她思考的时候,玲珑从外面进来,看到可莹后愣了一下,悄悄转过身往相反的方向走去。

"站住。"可莹将羊皮卷收起来,将玲珑喊住,"你鬼鬼祟祟的,在做什么?"

"没有啊,我就是去尚宫局拿了点儿东西,打算放置妥当了,再来给公主请安呢。"玲珑支支吾吾地说。

可莹看了一眼她手中的提篮:"拿了什么东西?"

"一些针线布料什么的,我看公主近日做了些女红,怕这些东西不够,提前备上。"玲珑窘迫地说。

可莹不再注意她,转而低头看手里的羊皮卷。玲珑松了一口气,告退一声,转身往宫室里走去。

她不知道,在自己身后,可莹抬起眼睛,若有所思地望着她的背影。

夜色深沉，皇宫里早已下钥，万籁俱寂，只有廊檐下的宫灯在风里摇摇晃晃。

在这死寂的深夜，响起了"吱呀"一声门响，随即重新安静下来。一个黑影匆匆穿过庭院，来到了墙根下。

乌云散开时，月光照亮了黑影。玲珑一身黑色装扮，手里挎着一个包裹，正在吃力地往墙根下搬运着石头。之后，她踩着石头，颤颤巍巍地翻上墙头，两条胳膊使劲撑起身体，艰难地翻过宫墙。

柔弱的身躯，很快消失在宫墙之后。

玲珑提着包裹，快步在宫道上穿梭。偶尔遇到打更的宫人，她飞快地躲到角落里，大气也不敢出。

打更的声音逐渐远去，玲珑才从角落里走出。她连灯笼都不打，就那样借着微弱的月光，在宫道里摸索前行。

终于，玲珑停在一处宫苑门口，望了望宫门上的"永和宫"三个字，大着胆子推开了宫门。

永和宫长久失修，宫门也未上锁，地上落满了树叶，踩上去会发出"吱吱嘎嘎"的声音，在这暗夜里，让人毛骨悚然。

玲珑走到宫苑中央，蹲下身来，低头去解包裹。正在这时，黑暗中突然传出一个声音："你来这里做什么？"

"啊！"玲珑吓得低低惊叫了一声。

她身子瑟缩，惊惧地循声望去。只见一个人从黑暗中慢慢踱步而出，居然是李隆基。

"胆子那么小，还违反宫规，夜闯禁宫。"李隆基面上不喜不怒，声音平静得没有任何情绪。

玲珑反问："王爷不也是违反宫规，没有按时辰出宫去吗？"

李隆基沉默了一瞬，问道："你先回答我第一个问题，你到底为什么来这里？"

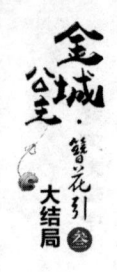

他在宫苑里随意走了几步,似是感叹,似是哀伤:"这里都快十年无人问津了……"

玲珑将包裹打开,露出里面的冥币、纸钱和香烛。她低声说:"今日是七月十五,我是来祭奠窦德妃娘娘的。"

李隆基没说话,只是静静地看着她。

"我总觉得,这里是窦德妃娘娘曾经所居的宫殿,在这里祭拜是最好的。"玲珑越说,声音越低。

李隆基目光凝重:"你和我想到一起去了。"他拿起两根香烛,用火石擦出火星,点亮烛火,才继续说:"在这里,我母妃曾经度过一段最美好的时光。我也相信,她最怀念的,一定是这里。"

"王爷……"玲珑想起可莹曾经说过,李隆基为母亲祈福,曾经建了一所寺庙,寺庙下面建造了一座地宫。他在地宫里为母亲点上油灯祈福,地宫却毁于一旦。虽然寺庙还在,可是李隆基的心,已经随着被炸毁的地宫破碎了。

今日是七月十五,祭拜亡故亲人的日子。李隆基不想去仪坤庙,私自留在永和宫,也在情理之中吧。

两人都沉默着点起了火盆,将包裹里的纸元宝依次放进去。偶尔,有一两滴晶莹的泪水落入火盆。

玲珑小心翼翼地看着李隆基,还在想要怎么安慰他。李隆基却一边将纸钱点燃,一边说:"下次再出来的时候,要仔细后面有没有人跟着。"

"啊?"玲珑倒吸一口冷气,猛然回过头,看到可莹正站在身后门边,目光凄凉。

"公主……"玲珑慌了神。

可莹裹紧身上的披风,慢慢走近两人:"玲珑,白天的时候我就觉得你很不对劲,没想到你居然……"

"一切都是我的错,算我的。"李隆基继续烧纸钱。

可莹只觉得胸口涌上一股愤怒,不管不顾地发泄出来:"你一句你的错,就能把一切都承担了?你可知道,多少双眼睛盯着你。若有个万一,你会害死

玲珑的，懂不懂？"

"这件事跟你们都无关，你们走吧。"李隆基无动于衷，继续烧着纸钱。

玲珑还想说什么，可莹上前说："玲珑，我们走。"

"公主，我想留下来陪他一起祭拜……"玲珑怯生生地说。

可莹低声斥责："你知不知道这会害死你？本来让你每日都去大明宫，我已经很担心了！"

"不，那是我心甘情愿的。"玲珑坚定地说。

正在这时，远处忽然响起了骚动声，似乎有人往这边奔跑而来，其中还夹杂着金属刀剑碰撞的声音。

李隆基因为常年习武，所以耳力超凡。他听到远处隐隐约约飘来几个人的议论声："记住，抓活的。"

"糟了，有人知道我在宫里，想抓我！"李隆基猛然起身，将火盆踩灭，拉着可莹和玲珑的手，敏捷地从偏门冲出永和宫。

因为年久失修，永和宫附近的地砖缺失，露出了泥泞的土地。可莹慌手慌脚地跑着，尽量不在上面留下脚印。然而很快李隆基就停住脚步，低声说："不对劲，前面也有人！"

中套了？

像李隆基这样的王爷，入宫办完差事之后就必须离宫，不能在皇宫里过夜，否则就是大逆不道，严重的还会被有心之人弹劾，安上一项"意图谋反，刺杀皇族"的罪名。

可莹在脑中将可能发生的事情都猜测了一遍，最有可能的就是有人知道李隆基滞留宫中，打算将他抓住，并同时制造出他意图谋反的假象。扳倒李隆基的最好理由是什么？就是诬陷他违规留宫，想要刺杀皇族！

"王爷，我回去！如果发生了什么事，全推我身上就是了！"玲珑咬了咬牙，打算冲回去。

李隆基一把拉住她："你疯了！我不是说过吗，你是十分重要的人，不要轻贱自己的性命！"

"可是,这是为了你啊……"玲珑含泪而笑,"我被发现了,顶多是因为不守宫规而被杖责,或者被赶出宫去。可若是你和公主被发现了,刺杀的罪名都可以安到你们头上!孰轻孰重,你要清楚啊!"

可莹将玲珑往李隆基身边一推,冷声说:"你身份敏感,不能被他们看到!玲珑身份低微,被人抓住不守宫规就是死!所以别废话了,我回去引开他们,你们走!我有陛下的御赐金牌,还是女流之辈,不会武功,他们就算抓到我,也没法治我的罪!"

她作为公主,本来就居住在皇宫里,在各处宫苑都下钥的情况下,被人抓住,也只能说她不守宫规。轻则让她名节有损,重则剥夺公主封号,驱赶出宫。

没有人会怀疑,一个柔弱公主会犯下行刺之罪。可一个重兵在握的王爷就不同了,他会被当成众矢之的,他私自留宫的动机会被无限放大,从而被安上莫须有的罪名。

李隆基愣了一愣:"御赐金牌?"

玲珑匆忙地解释:"千真万确,是陛下赐给金城公主的。可是公主,你回去顶罪也太冒险了。"

"奇怪,难道陛下知道金城公主会身处险境,所以提前赐了金牌?"李隆基自言自语地沉吟。

脚步声越来越近,可莹急得后背都冒了汗。她狠了狠心,将李隆基和玲珑往黑暗里一推:"你们躲起来!"然后她决绝地往脚步声传来的方向走去。

"公主!"身后传来玲珑焦急的呼声。

可莹咬着牙,控制自己不要回头,索性跑了起来。远远地,她已经能看到火光,听到人声,脚下也一步一滑。

她的心在颤抖,脑海里有两个声音,一个在叫嚣着让她勇敢,一个在颤抖着问她该如何自保。

以她一人之罪,换其他人清白,真的值得吗?

一股懊恼顿袭心头,可莹正在犹豫,上方忽然飞落一人,一把将她的嘴捂住。接着，可莹只觉得腰部被环住，那个人带着她迅速飞上宫墙。

一根树枝伸出宫墙，树叶浓浓密密，团成一个黑乎乎的影子。那个人带可莹躲进树枝，低声说："是我。"

是李轻羽的声音，可莹安了心，默默地点了点头。

李轻羽将手放开，问："你为什么这么傻？"

"皇兄，我被抓到，比临淄王被抓到的罪名，要小得多。一个公主，夜游皇宫，能有什么大罪！"可莹话语虽然冷静，身体却止不住地颤抖。

李轻羽冷眼看她："你知道吗？我得到消息，安乐公主今晚遇刺，宫里到处在抓刺客。"

"什么？"可莹惊呆了。

她从刚才就在担忧的事情，居然向最坏的方向发展了。从追兵围剿临淄王，到安乐公主"恰好"在今夜被行刺，一环扣一环，巧合得让人感觉是提前安排好的。

"临淄王中计了！这个局，本来就是为他而设，他不入局，安乐公主如何能罢手？"李轻羽判断，"你以为你顶罪，有用？不，安乐公主会将你归为临淄王的同伙，诬蔑你们里应外合！"

正说着，嘈杂声四起。

李轻羽噤声，拨开树叶，小心地往下望去。只见东西两个方向奔来两股御林军，在树下会合。

火把"噼噼啪啪"地燃烧着。烈烈火光中，安乐公主走出人群，冷声问："抓到刺客了吗？"

"回公主，我们在永和宫搜到有人祭拜的痕迹，暂时没有抓到！"

安乐公主得意一笑："永和宫？在这大唐，还有谁会祭拜永和宫这位？他一个王爷，夜晚留宫不出，肯定包藏祸心！难不成今晚刺杀我的人就是临淄王？"

"这……公主，我们必须要抓到临淄王，才能将罪名安到他头上，否则难以服众啊。"一个看上去像是谋士的人说。

安乐公主眯了眯眼睛:"搜宫呢?"

"回禀公主,若是继续搜宫,恐怕明日就有人弹劾公主,说公主惊扰后宫。"谋士眼珠子骨碌一转,"臣有一计,紧闭宫门,严加防守,然后派人去临淄王的府邸。假如临淄王不在府上,那么咱们就有证据说那名逃走的刺客就是临淄王本人。"

安乐公主阴森一笑:"此计甚妙!还有,临淄王不在府上的话,咱们是不是可以趁机搜一搜他的府邸?说不定有什么惊喜。"

"公主英明。"

安乐公主一摆手:"去!你们和本宫去搜临淄王的府邸,一定要给本宫搜出点儿什么东西来!"然后她一指另外几名士兵:"你们几个,拿着火把去把永和宫烧了!就说是有人私自祭祀,引起火灾!"

"是!"几名御林军回答。

谋士一惊:"公主,这永和宫……"

"临淄王那个逆贼,不知道偷偷摸摸在永和宫做什么勾当!"安乐公主笑得狠毒,"给我烧了,攻心为上!"

等到官兵走后,可莹才目瞪口呆:"太可怕了!安乐公主这是铁定要让临淄王背上刺杀公主的罪名了!"

安乐公主赶尽杀绝,杀伐果断,不惜攻心,临淄王这次还能逃过一劫吗?

"可莹,要出宫,还要赶在安乐公主前面到达临淄王的府邸,只能求助罗公远了。"李轻羽凝眉思索。

可莹想起那只机械大鸟,心头顿时明亮起来。

"走,去找罗公远,把临淄王送出宫去!"可莹拨开树叶,小心翼翼地伸出一只脚,想要跳下去。

李轻羽轻笑一声,搂过她的腰纵身一跃,便稳稳地落在地上。他带着可莹,运起轻功,如一只倏忽而过的轻燕,在夜色中穿梭。

在一个偏僻的宫苑里停留之际,夜色里忽然响起两声子规的叫声。李轻羽心头警醒,在可莹耳边低声说:"有人在跟着我们。"

可莹有些紧张，低声说："子规的叫声是我和你之间的暗号，除了你和我，只有玲珑知道这个暗号。"

"难道？"李轻羽想了想，将两根手指放在嘴里，发出了雀鸟的轻微叫声，算是一种回应。

灌木丛中发出细碎的声音，接着传来玲珑的声音："公主，我们在这儿。"

果然是他们！

可莹一喜，和李轻羽走出躲藏的阴影，正看到临淄王和玲珑也从灌木丛里步出，只是神情有些古怪。

"临淄王，你们也是去找罗公远的？"可莹急急忙忙地上前。

李隆基神情凝重："我和罗公远之间有暗号，我刚才已经给他发过了。过不了多久，他就能赶到这里。"

"王爷，罗公远要是赶到，你就即刻出宫吧！"玲珑声音里带着哭腔。

李隆基摇了摇头，目光凄寒："我有更重要的事情要做。"

李轻羽一把攥住他的手，目光里燃烧着熊熊火焰："你冷静点儿！你要是出了事，我们全都会被牵连！"

"放心，我会撇清干系，这点我比你们在行。"

"你到底想要做什么？"李轻羽愤怒。

李隆基望向永和宫的方向，宫殿上方，红彤彤的火光照亮了半边天。他痴痴地望着，眼角有一点泪光："这把火肯定是安乐公主放的，她这么狠毒，肯定会私底下命人不要救火。所以我得回去阻止她，哪怕我烧死在里面，我也得进永和宫。"

"你……"李轻羽想说什么，却如鲠在喉。

李隆基看着他的眼睛，镇定地问："我问你，如果你重回镖局火场，你会冒死去救你的亲人吗？你会不惜一切代价，去找出亲人的一星半点儿遗物吗？"

李轻羽愣住了，鬼使神差地松开了手。

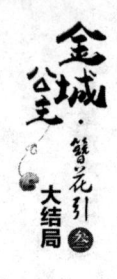

　　李隆基深深地看了他一眼，转身往永和宫的方向走去。玲珑急了，跺着脚问李轻羽："八皇子，你快把临淄王劝回来啊！在这节骨眼上，他可不能犯什么糊涂啊！"

　　李轻羽苦笑一声，眼角酸涩，一滴泪落下。

　　"你们都不懂，可是我懂，如果时间能回到从前，我宁愿死在那个火场上。"李轻羽闭上眼睛，脑海中浮现出很久很久之前——

　　在镖局里，他每天和师兄弟们一起练武、玩笑、打闹……

　　这一切，全部在熊熊火光中化为灰烬。

　　可莹怔怔地看着他，脑中一片空白。一阵风吹过，她打了个寒战，仰头看去，却什么也没看到。

　　不知道的，还以为是一阵风。

　　然而等她回头，却发现罗公远骑着机械大鸟坐在宫墙之上，正居高临下地看着他们。他沉默地坐在大鸟背上，仿佛一尊雕像。

　　"师父，你去劝劝临淄王吧……"尽管知道没有一丝希望，可莹还是哽咽着央求。

　　罗公远望着永和宫，火光将他的半边脸照亮："小公主，现在有一个两全之策，既能让临淄王去永和宫尽孝，又能躲过安乐公主的搜查，但是非常冒险，你做吗？"

　　"做！"可莹想也不想，一口答应。

　　李轻羽拧了拧眉头："是什么办法？"

　　罗公远说："你别让临淄王一个人去永和宫，看准时机，还是要把他带出宫的！我拖不了多久！"

　　他转而看向可莹，严肃地说："说起来就话多了，来不及！如果你想救临淄王，那你现在就跟着我去临淄王府。"

　　玲珑惊呆了："公主，你想清楚，这可能很危险。"

　　"想清楚了，再危险，也不会比现在更危险。"可莹向罗公远伸出手去，"拉我上去！"

李轻羽有些不舍，伸出去的手犹豫了一下，终究还是没有阻拦可莹。

每个人都有执念，一念生，一心动，就再也撼动不了半分。这执念哪怕入忘川、堕黄泉，都忘不掉，也抛不去！

罗公远挑了挑眉头，驾驶机械大鸟俯冲过来。他上半身倾斜，弯腰拉住可莹的手，轻松将她拉到鸟背上坐好。之后，大鸟一个漂亮的弧度，迅速飞升到半空中，冲向天际。

夜风飒飒，从发丝间穿梭而过，颈边微凉。可莹只觉得恍惚了一阵，自己便已经飞在皇宫上空。

星子闪闪烁烁，如同近在眼前一般。

她小心翼翼地往下看，整个皇宫黑黢黢的，只有宫灯排成几线，驱走些许黑暗。

云顶之上，才恍然发觉皇宫不过尔尔。

此时的皇宫，卧在自己脚下几百丈的地方，再也困不住她！

"是不是没见过这样的大明宫？"罗公远在她身后问。

可莹点了点头，顺手将碎发拢到耳后："在天上看皇宫，和在地上看是不同的。原来，皇宫也没那么可怕。"说话时，她的宫衣被风吹得鼓起，飘飘荡荡，似是要乘风化仙。

"小公主，真想带你去天眇世，再也不回来。"罗公远目光闪烁，"可惜，眼下情况危急。"

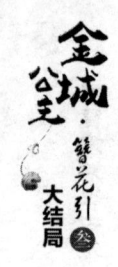

三

到了临淄王府,罗公远将机械大鸟藏在后院的一棵大树上,带可莹偷偷摸到李隆基的卧房。

李隆基的卧房干净整洁,除了书架、书案和木床,就是各种乐器和戏服。罗公远点灯,可莹望见那些精美的戏服,啧啧称奇:"真美,难怪临淄王如此痴迷。"

他从桌上找出宣纸,用剪刀剪出几个小人头像,然后固定在烛火前,稍微调整了一下角度,窗户纸上就映出几个人影。

"徒儿,还记得为师教你的东西吗?"罗公远指了指那些乐器。

可莹点了点头:"你让我练习吹拉弹唱,因为我要找个理由面见父皇,让父皇接触到解药,还不能让别人发觉异样。"

"现在,奏乐。"

可莹吃惊:"现在?"

她实在想不通罗公远究竟是怎么想的,不是说他有办法躲避安乐公主的搜查吗?看这光景,安乐公主马上就要抵达这里,他居然还有心情让她奏乐?

"师父,你总得告诉我一个理由。"可莹有些生气。

罗公远抱起一只皮鼓,往凉榻上一歪,笑得像只狐狸:"理由就是,我想听曲儿了!"

他微眯双眼,似一只狐狸嗅到花香:"春江水暖,青山龙盘。林花香散,浮云苒苒。此时再有清音妙响,简直是人间美景遍地……"

可莹无语,抬手捏眉。

这就是罗公远的作风,都火烧眉毛了,他还有闲情雅致去吟诗弄月,听曲浮浪!

可莹举起一把琵琶,决定将它砸在罗公远的头上。

罗公远一抬头,嘿嘿笑问:"徒儿,你是真的不想救临淄王了?也是,他跟你有什么关系啊,他倒了,你大不了离开这皇宫,谁也碍不着你半分!"

可莹气结,可看着他的眼睛,心里不由得一阵阵惊叹。那双眼睛在灯火的照耀下，如同琉璃珠般清亮温雅，是那样好看。

也许，他是有其他考虑的吧？

可莹转念一想，眼下没有更好的办法，只能无条件地相信罗公远。她放下琵琶，坐下调好弦，就开始熟练地弹奏起来，丝弦上立即流淌出柔美的乐曲。

罗公远轻笑一声，开始拍打起怀里的那只皮鼓。拍打几声之后，他一抬腿，用脚夹住琴竹，在扬琴上击打起来。

若琵琶的乐声是道路，皮鼓的声音是山丘，那么扬琴奏出的就是溪流。无数溪流从山丘上淙淙流下，欢快地奔腾。

可莹被罗公远这招绝技震了一下，手上不敢松懈，继续弹琵琶，追赶他的节奏。她沉浸在美妙的乐曲中，反而忘记了身处的环境。

乐曲行至高潮，外面突然人声鼎沸，一阵嘈杂的脚步声由远及近。可莹悚然一惊，正要发话，罗公远已经开了口："不要管，继续弹。你记得我教你的口技吗？模仿二胡的声音。"

可莹咬了咬牙，一边弹奏琵琶，一边用嗓子哼出二胡的声音。

她除了和罗公远学习幻戏，还学了口技。口技是一种仿声表演，表演者常常用帘子遮挡自己，然后模仿出各种声音，给听众以身临其境的感受。

一次，罗公远亲自用口技表演了大火焚烧宫殿，无数人哭天抢地的情景，把她吓了一跳，直嚷嚷着让人去救火。结果，罗公远一掀帘子，在可莹脑壳上敲了一记："嚷什么，刚才喊救命的，是我！"

从此，可莹就迷上了口技这种表演。她起步很晚，只学会了模仿乐器弹奏的声音。

此时情势有变，也顾不上问罗公远缘由了。其实以她的聪慧，差不多已经猜到了罗公远的意图。

只听外面有人高声喊："临淄王涉嫌刺杀安乐公主，大逆不道，我等前来搜府捉拿！"

旁边似乎是管家的声音："各位大人，我家王爷素来忠心耿耿，心系大

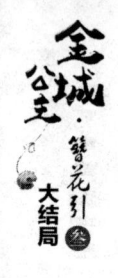

唐，怎么会犯下这种忤逆之事呢？"

"别废话，给我搜！"安乐公主的声音透着戾气。

罗公远听着这些刺耳的声音，一边演奏，一边高声喊："我看谁敢进来！"

一瞬间，可莹惊住了。

这活脱脱就是李隆基的声音。罗公远模仿李隆基的声音，居然学了个十分！

果然，听到"李隆基"的声音，门外众人都静了一静。安乐公主不敢相信，喃喃自语："不可能，这不可能……"

她精心策划了这个局，不惜冒着明日被父皇谴责的危险，不惜烧了永和宫，就是为了捉住李隆基的把柄，将他推到阴沟里去。结果，她居然还是没有抓住李隆基？

可是，确实有线人报告，看到了临淄王在永和宫里祭拜……

短短一瞬，安乐公主脑中滚过无数个念头，最后都成了一个——就算眼前的临淄王是真，也要弄成假的！

"给我冲进去！这未必是真的临淄王！"安乐公主咬牙切齿地下令。

室内，罗公远眼风微动，抬脚一踢，就将一张凳子踢到门边上，"咣当"一声挡住了门板。

他高声说："我看谁敢进来？影响我谱写新戏，我要你们的脑袋！"

说着，罗公远手上动作未停，可莹手中琵琶发出悦耳的声音，口中的二胡声也加快了节奏，在窗户纸上映出的数个人影，看上去还真的像一个戏班子在演奏。

临淄王向来有"戏痴"的称号。若是打扰了他谱曲唱戏，平日里和蔼的王爷就会使出雷霆手段，方圆十里寸草不生……这在京都一带早就传遍了。所以，当罗公远这一嗓子喊出来，外头的人立即打了个寒噤。

管家率先反应过来："安乐公主，您说我家王爷涉嫌刺杀您。可是据老夫所知，我家王爷并没有分身术，没法一边在府邸，一边去皇宫欲行不轨。还请公主明察！"

安乐公主气急败坏，可是室内丝竹管弦的声音一刻不停，冲进她的耳朵里翻江倒海，更是让她心情烦躁。她一把抽出身后侍卫的利剑，往管家身上砍去："你包庇逆贼，还有理了？"

管家面色如土，却站着不动，一副决绝的表情。

说时迟，那时快，罗公远放开皮鼓，拿过桌案上的一块镇纸，甩手抛了出去。镇纸如同流星，穿破窗户纸，"咣"的一声撞在安乐公主的剑身上。安乐公主"啊"地喊了一声，手中利剑砍歪，剑尖深深地陷进泥土里，自己的手腕也被震得发麻。

她难以置信地松开剑柄，看利剑半身陷在泥土里，剑柄还在微微颤抖。可见，罗公远这一下用了多大的力道。

"想在我府上杀人？嘀，别说长安城，整个大唐都没有一个人敢！"罗公远继续模仿李隆基的声音，眼神里再不是温情脉脉，而是充满了煞气，"今日我就把话撂在这里，在我府上杀一人，那就赔十命！杀十人，赔百命！杀我千人，赔我万命！"

这句话每一个字都气势十足，戾气冲天。安乐公主的脸色变了几变，想下令，却一句话也说不出来。

"公主，这情况不妙，咱们还是从长计议啊……"谋士低声建议。

安乐公主愤愤地瞪了他一眼："你之前不是挺能说的吗？现在只会说这个了？"

谋士伏在地上，大气也不敢出一声。

安乐公主愤愤然转身，阔步离开。管家和一众家丁这才松了口气。

管家瘫在地上，颤声问："王爷，公主走了，要不要老奴进去服侍你？"

"不用，送些我平日里爱吃的吃食吧，放门口就行。"罗公远继续用李隆基的声音说。

可莹停止弹奏琵琶，怔怔地问："你还有心情吃饭？"

"我帮了临淄王这么大的忙，他总不能让我饿肚子吧？"罗公远耸了耸肩

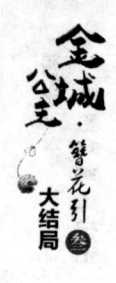

膀，语气无辜。

可莹擦了擦额头上的汗水，这才察觉到后怕。假如刚才安乐公主不管不顾地冲了进来，那后果不堪设想！

不多时，门外有人轻轻走近，放下了什么东西，又离开了。罗公远等人走远，打开门，将托盘拿进房中，掀开后惊喜地说："烤鸡，春卷，酒酿圆子！啧啧，还有糖浆蘸料，我就说临淄王府的厨房差不到哪里去。"

可莹白了罗公远一眼，将那碗酒酿圆子端过来："这个给我，我饿了。"

忙活了大半天，她这才发觉自己饥肠辘辘，埋头狼吞虎咽起来。罗公远"扑哧"一声笑出来："慢点儿吃，我本就打算把这个给你的。"

可莹吃完酒酿圆子，四肢百骸顿时流过一股暖意，浑身舒坦起来。她问罗公远："安乐公主碰了个钉子，灰溜溜地回宫了，那是不是说明临淄王彻底安全了？"

"当然没有，反而更危险了。"罗公远咬了一口鸡腿，语气平常到像在说今日天气不错。

可莹吓得打了个嗝："你……你说什么？"

"小公主，平时看你聪明伶俐，怎么到紧要关头，这点儿问题还想不明白呢？"罗公远大嚼大咽起来，"你也不想想今天是什么日子？"

可莹顿时浑身冰冷。

今日是七月十五，中元节，祭奠亡人的日子。这样沉重的日子里，临淄王怎么可能还有心情谱曲唱戏？

安乐公主是怀着搜府的心来的，发现临淄王居然在府邸里，等于当头棒喝，一时没反应过来。等她回过神来，必然能想到室内的这个临淄王是假的！

"这么重要的问题，你刚才怎么不说？"可莹霍然起身，将手中的碗往桌案上狠狠一掼。

罗公远抬眼看她。可莹很没有出息地又打了个嗝，汹涌的气势瘪了下去。

"哈哈！小公主，我要是说了，你们肯定说此举兵行险招，不妥不妥，然

后商量来讨论去。那我们还有机会拖延时间吗？"罗公远笑起来，晃着手里的鸡腿，"再说，也不是说一点儿机会也没有嘛……"

可莹忙问："还有什么机会？"

罗公远吊儿郎当地说："这个随缘，看老天爷脸色吧。"

可莹恼火，再一次想把手里的琵琶狠狠地、用尽全身力气地砸在罗公远的头上。

四

安乐公主面色阴沉地坐在马车里,双目寒意森然。

她盯着马车外一摇一晃的风灯,心里恨得牙痒痒。事情闹到这个地步,说不定父皇已经知道了。等到明日上朝,大臣们必定会上疏弹劾,指责她这个嫡公主太过荒唐。

那个李隆基,难道有遁地术不成?她布局如此严密,都能被他给跑了?

安乐公主正在百思不得其解,两块黑红相间的碎屑忽然从车帘缝隙里飘了进来,顿时眸光一凝。

"大胆!谁在附近烧纸,惊扰公主?"谋士生怕安乐公主发怒,率先嚷了起来。他贴近车厢,低声问:"公主,您没事吧?"

安乐公主盯着那两块碎屑,激动地问:"你说,这是纸钱?"

"是,今日是中元节,民间许多百姓都在祭奠亡人,今晚起了风,这东西肯定是随着风从哪里飘来,才惊扰了您……"谋士絮絮叨叨地说。

安乐公主一把掀开车帘,怒道:"我们被骗了!"

"啊?"

"给我回去!回临淄王府!"安乐公主双眸里燃烧着熊熊怒火,"居然敢骗我!这次,看你怎么躲!"

五

一灯如豆。

蓦然,灯火跳跃,几乎被夜风吹灭。

罗公远一边糊窗户纸,一边唠叨:"哎,我这是造了什么孽啊!结交了临淄王,又是扮演他,又是给他收拾烂摊子……"

可莹冷眼看着他:"眼下最重要的,不是糊窗户纸吧?"

"那是什么?"罗公远回头,笑嘻嘻地问,"再要一只烤鸡?"

可莹上身前倾,急切地望着罗公远:"师父,你该想一想,万一安乐公主杀了个回马枪,我们该怎么办?"

罗公远正要回答,忽然听到外面传来刀兵相交的声音。他面色立即肃冷:"这就回来了。"

可莹吃惊:"这怎么办?"说话时,她的后背上立即密密匝匝地出了一层冷汗。

罗公远将她往柜子里塞:"你快点儿藏起来,无论发生什么事,都不要出来!"

"师父,那你呢?"可莹抓住他的衣袖,快要哭出来。

罗公远低头看她,笑容和善温柔,并没有回答,而是重重地关上了柜门。与此同时,门外传来了安乐公主的叫嚣声:"出来吧,罗公远!这世上也只有你敢模仿临淄王的声音来骗我了!"

"师父……"可莹知道这次再也逃不过,靠着柜门流下了眼泪。

罗公远毫不在意,走到书案前坐下,继续模仿临淄王的声音:"安乐公主,你两次叨扰我的府邸,到底是何用意?"

"你还在装腔作势?"安乐公主冷笑,"真正的临淄王在皇宫里,你不过是个冒牌货!"

"如果我就是临淄王呢?安乐公主你又将如何?"罗公远轻蔑一笑。

安乐公主"唰"地举起了手中的利剑,剑尖森寒:"不可能!如果你就是临淄王,我立即下马谢罪!"

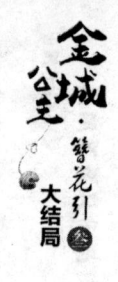

罗公远微微一笑："那好，本王这就出门会会你，只是你可睁大眼睛了，别指鹿为马！"

他这番果敢，却没有让安乐公主产生丝毫怯意。她咬牙切齿地说："罗公远，这次我不会再被你骗了。"

罗公远顿了一顿，站起来，慢慢走向门口。可莹透过柜子里的一条缝，看到他的步伐有些犹豫，心顿时揪了起来。

这一招太险，而且看眼下情况，安乐公主也不会轻易被骗。可莹心里一片绝望，喃喃地说："师父，不要……"

门外，安乐公主沉默地做了一个手势。

在她身后，无数的弓箭手搭箭上弦，对准了那扇门。

只要一开门，出现在门口的人不是临淄王，那么刀枪剑雨都会冲过来，让那个人避无可避。

一想到可以即刻斩杀罗公远，安乐公主露出了得意的笑容。

然而下一刻，笑容凝固在她的脸上。

房门开了，站在门口的却是李隆基。他眼神冰冷，一点点地扫过安乐公主和她身后的弓箭手，一字一顿地说："安乐公主，你这是打算斩杀本王吗？"

他眼神如狼，锐利无比，刺得弓箭手们立即放下手中的弓箭。安乐公主嘴唇发白，瞪圆眼睛："不可能……不可能……"

可是那张脸，千真万确就是李隆基。

"你易了容，妄想瞒天过海！"安乐公主目眦尽裂，"罗公远，本宫这次再也不会被你骗了！"

她出手如电，抽剑去刺。罗公远一副泰山崩于前而色不变的架势，迅速侧身，却还是被剑刃刺破了脸颊。

一行殷红的血流过他的脸庞。

罗公远冷冷地看着安乐公主："这回，你信了吗？"

安乐公主怔怔地看着他脸上的血，一句话也说不出来。她原本还想着，罗公远的易容方法是一张人皮面具，只要刺破面具，就能揭露他的真面目。没想

到，她竟然真的错了……

"滚。"罗公远从嘴里吐出一个字。

安乐公主从未受过如此奇耻大辱，却也无处发泄，只能恨恨地瞪了他一眼，转身离去。

在一旁瑟缩的管家赶紧颤颤巍巍地迎上来："王爷，王爷你没事吧？我赶紧叫大夫给你包扎……"

"不用包扎，我一个人静一静。"罗公远说完这句话，将门"咣当"一声关上。

可莹再也忍不住，推开柜子冲了出来："罗公远，你没事吧？"

望着那张和李隆基一模一样的脸，她也惊了几分。无论如何她也想不到，这么短的时间里，罗公远是如何易容成李隆基的。

"我没事，我怎么舍得让自己的脸受伤呢？"罗公远勉强笑了一下。他伸出手，在发际线附近抠了抠，随手轻轻拉扯，居然扯下了一张人皮面具。

人皮面具上破了一个口子，上面还稀稀拉拉地滴着鲜红的液体。可莹疑惑："人皮面具为什么也会流血呢？"

"笨徒儿，这是用糖浆做的'血浆'。我事先藏在人皮面具之下，然后故意让安乐公主劈开这一块皮肤，就可以造成血浆迸射的假象。"罗公远将人皮面具丢到一旁，伸手扯过一只鸡腿，蘸了蘸小瓷盘里的糖浆，津津有味地吃起来。

可莹无奈地摇头："奸诈。"

"这叫智谋。"罗公远摇头晃脑地说着，完全没有发觉，自己脸皮上的一道血痕开始渗血。

可莹同情地看着罗公远："师父，虽然这个策略可以吓退安乐公主，但是力道不好把握，你还是受伤了……"

"啪嗒"一声，罗公远手中的鸡腿应声而落。

罗公远伸手摸了摸脸，看着指尖的嫣红，两眼发直。

许久，他才梦游似的问可莹："你知道为什么你这么没用，我还是把你带

到临淄王府邸吗？"

"为什么？"

"因为……我晕血。"罗公远说完，往后倒在床上。

可莹忙上前，使劲摇晃罗公远："师父，师父你醒醒！"

倒在床上的罗公远一动不动，彻底晕了过去。可莹无奈，只得使劲将他的脚搬到床上，然后盖上被子。

沉睡的少年侧脸沉静，面容姣好，紧闭的双眼睫毛修长。可莹托着腮帮子看着他，忽然笑了出来。

她点着他的鼻子说："师父，你终于有一个缺点了。"

少年似乎不满这样的说法，哼哼了两声，翻了个身，背对着可莹继续睡去。可莹顿感无聊，环顾四周，忽然觉得无比疲惫。

不过是半个晚上，她却觉得像度过了一年。可能这一辈子，她都无法忘记这个恐怖又奇妙的中元节了。

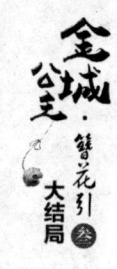

乌沉沉的天空像天兵压境，一副山雨欲来风满楼的架势。

皇后走进安乐公主的宫苑，看到紧闭的门窗，只觉得胸闷，于是扭头问身边的宫女："公主还是不肯出来吗？"

"回禀皇后，公主已经绝食一天了，我们劝了很久都不奏效。"

皇后点了点头，摆摆手，独自上前推开了宫室的门。

安乐公主坐在梳妆镜前，从镜中看着皇后走近，目光毫无波澜。这宫室虽然冷清，她的穿衣打扮却丝毫没有落魄半分，反而比以往更加艳丽奢华。

"昨天的事情我听说了，你差点儿抓住临淄王的把柄。"皇后开口，声音里没有波澜。

安乐公主垂眸："母后，这件事闹成这样，就算我还是大唐最尊贵的公主，也没有对付他们的手段了。"

皇后冷笑道："你怎么如此愚钝呢？你从一开始就弄错了你的敌人。"

"敌人？"安乐公主抬起一双美而无神的眼睛，"我的敌人有很多，可莹、李隆基、以前还有淑妃……"

皇后坐到她身边，认真地看着她："你漏掉了一个人，只要扳倒这个人，其他的人就不是敌人，而是死人。"

"谁？"安乐公主茫然，"罗公远？不，他还不够格。"

"罗公远当然不容小觑，但他归根结底不过是个难以搞定的棋子罢了。"皇后轻蔑地说。

"到底是谁？母后，你告诉我！"安乐公主激动地抱住皇后的双臂。

皇后盯着安乐公主，目光从未像此刻这样凝重。

"你的父皇。"

……

"溥天之下，莫非王土；率土之滨，莫非王臣。"

皇位意味着至高无上的权力，这权力也包括生杀予夺。只要坐上皇位，其他敌人都只能沦为炮灰。

第六章 依依惜别话珍重

中元节的风波惹得皇帝大怒,将安乐公主禁足三个月,并下令修葺永和宫,闲杂人等不得靠近。

皇宫里的纷争暂时告一段落,只是人人心上都蒙着一层阴霾,连带着数月后的新年也少了许多喜庆氛围。冬去春来,又到了第二年的春天。

可莹的生活归为平静,可是她并没有感到快乐,总是感觉这一切不过是狂风巨浪之前的宁静,还有更大的风波在后面。

她最担心的是李隆基。自从永和宫被毁,他整个人就变了样,每日阴郁寡言,独来独往。安乐公主火烧永和宫,可能真的伤了他的心。

李轻羽告诉可莹,当时他拼尽全力将李隆基从永和宫的火场里拉了出来,发现李隆基双手烧伤,却没有抢出什么遗物。

一场大火,烧掉了他最后的念想。

可莹听后,十分唏嘘,可是对于这种情况,她也爱莫能助。李轻羽将她的表情都看在眼里,劝慰说:"你也别太难过,李隆基见过大风大浪,他没那么脆弱,会好起来的。"

"是啊,会好的……"可莹思前想后,忽然想到一事。她拿出那张空白的羊皮卷:"皇兄,善擦拉温送来了一张空白羊皮卷,你知道这是什么意思吗?"

"空白?"李轻羽将羊皮卷拿在手里,脸色变了变,"也许是他疏忽,错放了没写字的羊皮卷吧。"

可莹依然半信半疑。

"不用多想,善擦拉温一定会再来信的。"李轻羽安慰道。

可莹心事重重地点头。

这番劝慰并没有起到作用,李轻羽离开后,可莹依然坐在树下的秋千上想着心事。

天气晴朗,日光从树叶的缝隙里穿过,在地上投下一片阴影。可莹怔怔地看着一地斑驳,轻轻摇了摇头。

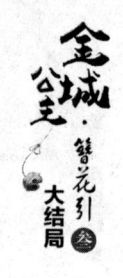

　　长安和吐蕃之间隔着千山万水，善擦拉温每一封书信都会慎之又慎，怎么会错放了羊皮卷呢？

　　"金城，在想什么，想得这么出神？"耳边忽然响起熟悉的声音。

　　可莹跳下秋千，看着面前的淑妃，忙屈膝行礼："淑妃娘娘，您多日不来这里了。"

　　淑妃今日绾着一个斜髻，缀着流苏珠花，眉眼间流转着一股妩媚风情。她微微走动，一股香风立即扑面而来。

　　她的目光落在可莹手里的羊皮卷上，可莹这才回过神来，忙将羊皮卷收到袖中。淑妃淡然而笑："金城，这是在大唐，不是在吐蕃，以后可不要拿着这种不吉利的东西了。"

　　"淑妃娘娘，这只是一张羊皮卷。"可莹有些无措。

　　淑妃摇了摇头："这不是一整张的羊皮卷，而是裁下来的小块。这样的羊皮卷，上面必须写字，否则这就是羊皮卷主人的讣告。"

　　可莹脑中蒙了一下："我不信！"

　　"我骗你做什么？"淑妃坐上秋千，悠悠荡荡地晃着，"这是吐蕃的规矩，又不是我空口白牙地乱说。再说了，吐蕃边疆常年战乱，和各方小国冲突不断，加上和我大唐也有兵事，在战场上出了什么意外也是有可能的。"

　　可莹僵立在那里，感觉全身的力气都被抽光了。她喃喃地辩解说："那只是吐蕃部分好战分子和大唐掀起的战事，并不是善擦拉温的本意。"

　　淑妃问："你怎么脸色这样苍白？"她站起身来，掏出绢帕给可莹擦汗，"这是谁送你的？不会是善擦拉温吧？"

　　"淑妃娘娘，如果您想让我心绪大乱，可就打错算盘了！善擦拉温不会死，他不会死！"可莹躲开淑妃的手，目光灼灼地说。

　　淑妃顿了顿："果然是他送的，但是金城公主，你会错意了，如今我已经没有必要针对你了。我今日来，不过是好心通知你一声，皇帝打算将你送到吐蕃去。"

　　"什么？"可莹一惊。

第六章 依依惜别话珍重

"你不肯为我所用,我是恨过你一段时间,但眼下这局面,你去了吐蕃,能有什么好下场?"淑妃轻声哀叹,"他死了,护着你的人已经没有了,谁都不知道吐蕃那边现在是什么情况……"

可莹木然答道:"他没死,没有。"

善擦拉温怎么会死呢?

她记得,他的笑容有多孩子气,他私底下并没有王子的架子,他处处想她所想,忧她所忧……他们曾经在夜市上看马戏,曾经出游青山绿水,也曾经一同出生入死。

这样一个温暖过她的人,就不复存在了?

"让你去吐蕃,是皇后向陛下提议的。虽然我和皇后交好,但她这个做法我可不认同。"淑妃伸出纤纤玉指,轻轻地抚摸着可莹的脸庞,"我怎么舍得你去那么远的地方呢?那里有飞扬的风沙、贫瘠的土地、寒冷的冬天,多苦啊。"

"那里也有高洁的天山雪莲,成群结队的牦牛,触手可及的天空!"

淑妃一愣:"这么说,你是下定决心要去那里受苦了?可莹,现在不是意气用事的时候。"

"我没有意气用事,我刚才说的都是真心话。"可莹认真地看着淑妃,"难道我留在大唐,被卷进你们的钩心斗角里,就会过得幸福快乐?说起来你可能不信……哪怕我去苦寒之地,也不想和你们为伍!"

淑妃怒极反笑:"好,你长大了,也长本事了!不过我没有诓骗你,吐蕃王子是真的死了,讣告很快就会传到长安城。"

可莹顿时浑身冰冷:"你们都知道了,只有我一个人不知道?"

"皇后是最早知道这个消息的。"淑妃扫了她一眼,"你明白了吧,皇后知道这个消息后,第一反应就是将你推到火坑里去。如果你现在和我联手,还来得及……"

"我还是那句话,'道不同,不相为谋'。"可莹打断了淑妃的话。

淑妃愕然:"你糊涂了吧,居然拒绝我!你真的打算到吐蕃那个苦寒之地

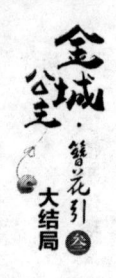

去吗?善擦拉温死了,没有人庇护你,你懂吗?"

可莹想起善擦拉温,想起再也看不到他的笑容,再也听不到他的言语,就忍不住心如刀绞。她一边摇头,一边后退,泪水已经模糊了她的视线,她咬了咬牙,转身就往宫苑外跑去。

淑妃喊了可莹两声,见她没有回头,便重新在秋千上坐下。

她面上浮着淡笑:"这才说了几句话,就耐不住性子了。也不想想,没有善擦拉温保护你,你去吐蕃简直是步步维艰。"

淑妃伸出手,看着自己的手指:"可莹,枉你学了那么久的幻戏,都没看出皇后在声东击西呢……"

说完,她仰头望着头顶上的树叶,露出一个森冷的笑容。

玲珑端着两碗甜品走过来，看到她满脸是泪，忙问："公主，怎么了？淑妃刚来，我正要去送茶呢！"

"我皇兄呢？"可莹急急问道。

玲珑被吓了一跳，结结巴巴地说："刚走，应该还没走远。"

可莹顾不上礼仪，匆匆跑出宫去，刚好看到李轻羽的背影转了个弯。她跟上去，刚想喊他，却看到李轻羽和李隆基在谈论什么，忙躲了起来。

只听李轻羽说："吐蕃王子的事，迟早瞒不住公主。"

可莹满心的期待顿时落了空。李轻羽要瞒住的人一定是她，可是发生了什么事？为什么要瞒住她呢？

可莹正在胡思乱想，忽然听到李隆基回答："能瞒多久就瞒多久，现在最要紧的是要说服陛下，别把金城公主送到吐蕃去。"

"你我一起去求父皇，一定要让父皇收回成命。此去吐蕃，路途遥远，不知道会遇到什么危险不说，而且她这辈子都无法回到大唐，太残忍了！"李轻羽往宫墙上狠狠砸了一拳。

李隆基叹气说："如果……吐蕃王子还活着就好了！"

可莹心里像打翻了五味瓶，方才收回去的眼泪，再一次流了下来。"如果吐蕃王子还活着"几个字，在她耳朵里"嗡嗡"地转来转去，让她头昏脑涨。

她蹲下身，忍不住痛哭出声。

李轻羽和李隆基听到哭声，连忙走过来。看到满脸泪水的可莹，李轻羽愣住了。

"你……都听见了？"他小心翼翼地问。

可莹闭上眼睛："你们打算要瞒我多久？或者我应该问，瞒着我，有意义吗？"

"我怕你经受不住打击，乱了心智。再说事情还没有定论，有我们在，你不是一定要去吐蕃的。"李轻羽说。

可莹垂着头，低声问："去吐蕃就一定是我的悲剧？留在这里，我就能开

心快乐？"

她不等两人回答，起身木然地往别处走去。李轻羽想要拉她，却被李隆基拽住："别去打扰她，让她一个人想一想。"

"她不用想，吐蕃不能去。"李轻羽断言。

李隆基反问："那大唐有什么值得她留下的？"

李轻羽语塞。

"我曾经劝说过她，让她跟我去天眇世，结果她不乐意。如今她却要去那么遥远的地方。"罗公远从两人身后走出，望着可莹的背影，目光有些伤感。

李轻羽看到罗公远，眼神一亮："罗公远，你能不能易容成吐蕃王子的模样，让可莹重新振作起来？"

罗公远摇头："不能。"

"为什么？"

罗公远苦笑："因为我不想'罗公远'这个人在她心里消失不见，这可能是我这辈子唯一的一点儿私心。"

李轻羽颓然地低下头，喃喃地说："是啊，你说得对……"

即使有一个机会摆在面前，让他可以变成善擦拉温，他估计也不会愿意接受。

因为，他也不愿意"李轻羽"这个身份在可莹面前消失。

第六章 依依惜别话珍重

可莹在皇宫里漫无目的地走着，等回神的时候，她才发现自己走到了大明宫。

这里是整个大唐皇权的中心，代表着至高无上的权力。可莹仰头望着飞扬的檐角，只觉得眼角酸涩。

她在风中站了很久，身边经过许多宫人向她行礼，她都置若罔闻。许久，一个小黄门匆匆而来，对她说："金城公主，陛下请你过去一趟。"

"父皇……"可莹梦游似的跟在小黄门的身后，走进恢宏的大明宫。

皇帝站在书案前，正低头看着什么。见她进来，皇帝抬头看她一眼："你来了。你入宫这么久，还是第一次这样失魂落魄。"

再次见到皇帝，可莹觉得力气终于回到身体里，然而脱口而出的第一句话却是："父皇，我不信善擦拉温死了，他吉人自有天相，一定能活下来的！您派人去吐蕃找他，好不好？"

"可莹，无论善擦拉温是生是死，都是吐蕃的内政，大唐有什么立场过问这件事呢？"皇帝沉吟，"更何况，善擦拉温未必就真的死了。"

可莹激动地说："父皇，您也觉得他没有死？"

皇帝负手而立，说："吐蕃的使臣的确已经来到大唐，但是他们在路上的时间足足有半年！这半年来吐蕃发生了什么事，其实他们也不是特别清楚，至今还在向吐蕃那边求证。吐蕃尚未有讣告传来，传到朕耳朵里的都是长安城里的流言。如果善擦拉温真的死了，消息怎么会比驿站传得还快呢？再说，善擦拉温之前经历过多少艰难险阻，他不是那么容易被暗算的人，这去世的消息实在是太蹊跷了。"

可莹忙从袖中掏出那张羊皮卷："父皇，我之前收到了这个，淑妃娘娘说吐蕃那边的讣告会通过这种方式表达。这是真的吗？"

皇帝接过那张羊皮卷，凝眉思索了一会儿才说："先不说吐蕃的习俗，就说假如你是善擦拉温，你会用这种方式告诉对方自己的处境和现状吗？"

"不会。"可莹坚定地说，"我知道对方不懂吐蕃的习俗，所以我会用最

后一点儿力气写清楚我最后的想法！"

皇帝点了点头："是的，这才在情理之中。"然后，他懊恼地在书案上轻轻一砸，"不过，这一切都只是我们的猜测罢了。现在谁也不能确定，善擦拉温究竟是生还是死！可莹，吐蕃摄政太后派来使臣，想要和大唐联姻。如果大唐和吐蕃能够以联姻的方式达成盟约，不仅可以平息边疆战乱，还能同仇敌忾地对付边疆那些叨扰大唐的小国。皇后和臣子都建议，让朕指派你去联姻。但此去道路渺渺，在吐蕃的生活更是艰难……如果你不想去吐蕃，朕可以做其他考虑。"

可莹不假思索，脱口而出："我去。"

"为什么？"皇帝惊异。

可莹问："敢问父皇，您究竟为什么要派我去吐蕃呢？"

皇帝指了指书案上的一张毛毡："因为善擦拉温上次出使大唐的时候，曾经和我交谈过，他仰慕大唐的文明，想要和大唐建交，改变吐蕃野蛮、黑暗的现状。他说吐蕃现在犹如笼罩着永恒的黑暗的夜，只有开启百姓的心智和良知才能驱走黑暗，让吐蕃更好。"

毛毡上画着一张地图，上面绘制着山川河流，还有千万条道路和无数城郭。可莹用目光一点点地往西边挪过去，才看到了吐蕃。

那是善擦拉温热爱的地方，也是他想照亮的地方。那里有最纯澈的天空、最猛烈的风霜、最绵长的歌谣、最淳朴也最野性的人们。

"父皇，您已经帮我回答了我想要去吐蕃的原因。"可莹认真地说，"那是他的愿望，而我的愿望是帮他实现那个愿望。吐蕃与大唐交好，归入我大唐版图，边疆诸国都会安分下来。这不仅仅是吐蕃之幸，也是大唐之幸！"

此时的少女，眼中宁静安详，透着一股不容小觑的坚定力量。

皇帝被她感动，声音有些发抖："可是朕在犹豫，朕完全可以只派工匠前去，不派……"

"要传播大唐的文明，让边民归顺，非得大唐皇族前往不可！我的存在，对于一些吐蕃势力就是一种震慑！让吐蕃那些好战分子再也拿不出理由叨扰我大唐边关！"可莹目光灼灼地望向毛毡上的地图，"当年文成公主可以去，那今日金城公主也可以去！这是我们的抉择，也是我们的宿命。"

青海的战火，已经持续了许多年。

吐蕃的好战分子，一直在叨扰大唐边关，想要扩充自己的版图。在吐蕃、青海一带的边疆，还有许多小国为了疆土、粮食、马匹，经常骚扰边关。

不起眼的一场冲突，或者是有预谋的两国交战，都会造成百姓和士兵的伤亡。在那片遥远的土地上，鲜血并没有让土地变得肥沃。许多生命无奈地逝去，有的有罪，有的无辜，无论是前者还是后者，他们的家庭都因此遭到了灭顶之灾。

现在，牺牲她一个人的岁月静好，去换取那片土地的安宁和光明，她觉得非常值得。

"父皇，我现在还能选择去或者不去。可是我们大唐边关的子民呢？吐蕃的百姓呢？他们很多时候无法选择生，无法选择幸福地活！"可莹跪下来磕头，"我，金城公主，想要让他们有选择的权利。"

皇帝转过身，捂住双眼，努力地控制着自己的情绪，许久才说："朕没想到，你是如此重情重义、为大唐着想的孩子。你先平身。"

可莹站起来，重新走到地图前，用手指摸着地图上的"长安"。她满怀深情，从未如此认真地看着这个被标记出来的都城。

毛毡温暖，可是此时她的心比毛毡的温度还要火热。

一滴泪，落在标记着"长安"的地方，迅速浸入毛毡。

可莹抬手擦去泪痕，对着皇帝露出一个微笑。

"父皇，请您记得，长安城里，永远有我的一滴眼泪。"

五

　　金城公主要去吐蕃的消息，一夜之间传遍了长安城。为了让可莹风光入吐蕃，皇帝命尚宫局开始筹备，并抽调军队，等到公主出嫁时，由左骁卫大将军杨矩护送金城公主入吐蕃。除此以外，皇帝还打算亲自渡过渭河到始平县设宴，为公主饯行。

　　此时，最不安的反而是吐蕃使臣。他们收到了善擦拉温暴毙的消息，生怕大唐皇帝悔婚。毕竟，之前求娶公主的是吐蕃最尊贵的王子，现在变成了其他人……如果大唐要反悔，完全合情合理。

　　于是，吐蕃使臣时不时派人给可莹送一些礼品，试探可莹的心意。

　　可莹得知这一切，只是一笑置之。

　　只是有一次，罗公远正在她的宫苑里教她幻戏时，吐蕃使臣送来礼物雪莲花。

　　那是一名身材干瘦的陌生使臣，皮肤因为常年暴晒在阳光下，变得黑黢黢的，一双眼睛炯炯有神。

　　"谢过使臣了，就放在那里吧。"可莹正学得入迷，并未在意。

　　吐蕃使臣觑着她的神色，小心地问："公主不打算打开看看吗？这是我们吐蕃非常名贵的药材。"

　　罗公远恼了，回头斥责："送什么药材，好像公主圣体不康一样！"

　　"不敢，不敢。"使臣被无端训斥，微微懊恼起来。

　　可莹忙说："不碍事，你们有心了，现在就打开盒子看看吧！"

　　她扔给罗公远一个眼神，示意他不要乱说话，以免引来吐蕃使臣无谓的猜测。罗公远这才收起那副江湖浪子的表情，将礼盒拿起，恭恭敬敬地奉给可莹："请公主圣阅。"

　　可莹点头，抬手轻轻打开搭扣，掀起了木质礼盒盖子。然而，礼盒里竟然空空如也。

　　使臣揣着一肚子的溢美之词，正想趁机赞美那株雪莲花，见状立即惊呆了，眼珠子差点儿掉出来。

"这……雪莲花呢？"使臣吓得结结巴巴的，"公主明鉴，我们真的不是有意的！这其中必有误会！"

可莹看着礼盒发愣，抬眼看到憋着笑的罗公远，顿感无奈。

她将礼盒拿起，放在手里细细端详，然后才说："本宫感受到你们的诚意了，这盒子上的雕刻如此精妙，可见你们是有十分的诚意的。至于雪莲花，回头你们送来便是。"

"谢公主宽恕！"吐蕃使臣拜了又拜，唯唯诺诺地回去了。

等到周遭无人，可莹才将礼盒重重地放在桌案上，瞪着罗公远："雪莲花呢？是不是你动了手脚？"

罗公远从袖中掏出一朵雪莲花，晃了一晃："也就吐蕃人把这个当成宝贝！晒干后一点儿都不美，入药的效果也就那样，我仓库里有一堆这个，你喜欢的话我可以全送给你！"

可莹没好气地将雪莲花夺过来："师父，这是吐蕃送的，他们是善擦拉温的族人，请你善待他们行不行？"

罗公远顿时神色黯然："小公主，你别去吐蕃，可以吗？"

可莹沉默，低头将雪莲花轻轻放入礼盒。

"他们这么害怕你不去吐蕃，就是因为吐蕃环境恶劣，斗争凶险。如果吐蕃好，早就有人抢着去了！"罗公远不以为然地说，"你去找淑妃娘娘，让她帮你求情，她肯定答应的！"

"淑妃娘娘不会白白帮忙，她肯定要用利益交换，很可能——"可莹斜眼看着罗公远，"是要你的命。"

罗公远哈哈大笑："我一个江湖人士，她怎么会要我的命？"

可莹凑近罗公远，低声说："说句大不敬的话，临淄王的父亲，曾经在皇位上坐过，那么临淄王就相当于隐形的太子。安乐公主一直想当皇太女，想要君临天下，那么她肯定是将现任太子和临淄王当成最大的敌人，必定会找机会除掉他们。淑妃娘娘现在和安乐公主结成同盟，她的命令肯定是向着安乐公主的。如果我答应淑妃娘娘为她所用，那么她给我下的第一道命令，估计就是暗

杀临淄王！师父啊，你看，你和临淄王交好，能看着他深陷险境而不管吗？到时候你肯定会易容成临淄王，为他挡刀……这不就等于淑妃娘娘要你的命？"

罗公远点点头："有道理。"

"那你还让不让我去吐蕃？"

"去，你赶紧去吐蕃……啊，不对，我被你带偏了。"罗公远叉着腰，怒瞪可莹，"我们可以一起去天眇世！"

可莹笑了笑："你能带上千万人，一块儿去天眇世吗？"

"那不行！天眇世是世外桃源，怎么能让那么多人去？"

"那就是了，师父，我的愿望是让千万人犹如生活在世外桃源一般安静祥和，所以让我独自去天眇世，并不是我的愿望。"可莹正色说。

罗公远静静地看着可莹，忽然笑了出来："好，我果然没有看错人！金城公主，你的愿望是这世间最好的愿望，好到连我的天眇世也比不上！"他仰头望着朗朗长空，"但是我也告诉你，我的愿望是希望你幸福。说不定哪一天，我就把你劫到天眇世去了。"

"你不会。"

"为什么你确定我不会？"罗公远问。

可莹认真地回答："你不会强人所难……罗公远，你很善良，希望这件事结束之后，你能离开皇宫，自由自在。"她一指天上，"就像那些鸟儿一样。"

蔚蓝天幕上，鸟雀在自由地飞翔，无瑕的白云卷舒自如，一切都是那样惬意。

"希望一别以后，我们都各自珍重。"她喃喃地说。

罗公远也有些伤感，沉默地点了点头。

"珍重。"

短短两个字，倾吐齿颊之间，却沉重得似乎要用尽所有的力气。

在宫苑的月洞门处，李轻羽远远望着两人，神情寥落。

他将刚才发生的一切都看在眼里。因为内力深厚，耳力发达，他也听到了

第六章 依依惜别话珍重

两人的对话。

关于未来,他总觉得有什么事要发生。

"可莹,为什么你非要去吐蕃?留在大唐,哪怕不在皇宫,也好过去那苦寒之地……"李轻羽痛苦地自言自语,"很多事,你不明白!"

说到痛处,他懊恼地往身边的墙壁上砸了一拳。

"局势已经非常危险了,你懂吗?"

李轻羽仰起头,默默地看鸟雀们在树枝上嬉闹。然而就在这时,暗地里冷不丁冒出一支利箭,瞬间将一只麻雀贯穿!

他瞬间清醒过来,震惊地望着那只麻雀坠落。

这似乎是一个不祥的预兆,象征着该来的迟早会以血雨腥风的方式,碾压前来!

六

八月快要过完，夏意阑珊。

因为可莹将来要嫁去吐蕃了，这一去，可能一生都不会再回到大唐，所以皇帝吩咐尚宫局多操办一些节日宫宴，让可莹多见见旧相识。

宫里举办了宫宴，邠王携带全家来到宫中，见到可莹，话还未说，眼眶已经红了，眼角泪光闪闪。

不用邠王开口，可莹也知道他们无非是说些吐蕃是苦寒之地，山高水远，此行一去今生再难相见云云。所以，她赶在邠王前头说："父王，这酒是孩儿亲手酿的，还请您今日多喝上几杯。"

"是，多谢金城公主。"邠王举起了手中的酒杯。

可莹举杯示意，然后将酒一饮而尽。这酒喝得快了，她的脸颊顿时热了起来。

李媛媛看她脸颊红了，提醒道："姐姐别贪杯，回头把酿酒的匠人带去吐蕃，让他们年年为你酿我们大唐的好酒。"

她从袖中掏出绢帕，为可莹擦了擦额头上的汗："你看，喝得太猛，你都出汗了。"

可莹扭头看她，这个以前将她视为眼中钉、肉中刺的妹妹，现在也终于肯给予她一些关心了。她笑了笑："吐蕃只有青稞酒，没有酿其他酒所用的粮食。如果那里的土地长不出粮食，我带了工匠过去也没用……所以，还是趁现在多喝几杯好，今朝有酒今朝醉。"

李媛媛猛然红了眼睛，哽咽着说："姐姐，你就不能为自己想一想吗？别去了……"

"就为了这酒？那你也太小家子气了。"可莹半开玩笑地点了点李媛媛的鼻尖，"别为我担心，我已经下定决心了。"

李媛媛几乎要哭出来："可是我听说，吐蕃王子已经……，这种情况下，你还怎么去啊？"

可莹低头看着手中酒樽，樽中酒水清亮，倒映出她低垂的眼睫。她轻声

第六章 依依惜别话珍重

说："我相信他没有死。"

"堂堂王子，能任由自己身死的消息传遍千里之外吗？"李媛媛哀声说，"姐姐，别再幻想了，他凶多吉少。"

可莹仰头，将酒樽里的酒再次一饮而尽。她趁着微微醉意，笑着对李媛媛说："你看你，说什么丧气话。他是生是死，我都决定去吐蕃，这改变不了，也不需要改变。"

李媛媛自知劝说不动，也只能放弃。她收回目光，稳定了下情绪，才低声说："我看陛下脸色不错……我想，上次的事，你们应该办得很好。"

可莹立即明白，她是在说皇后给皇帝下药的事。她特意留意了下左右，见无人注意到她们，才说："是，只要面见父皇，我都会佩戴这种香囊。"

她将腰间的两只香囊拆下来，递给李媛媛一只。李媛媛放在鼻下嗅了一嗅："这就是解药？我还以为是香料。"

可莹亲自将香囊系到李媛媛的腰上："药味已经用香味盖住了。你也戴一个吧，以防万一。"

李媛媛欲言又止，忽然说："姐姐，我有个想法，不知道该不该说。"

"你说。"

她靠近可莹，在可莹耳边低低地说："皇后既然胆敢给陛下下药，那也肯定敢给其他人下药。你说，她会不会对你……"

可莹眼皮突突一跳，心下已经有了不祥的预感。她沉吟道："我想过这个问题，但是罗公远精通医术，他已经给我诊过脉，确定我没有接触过什么见不得光的药粉。"

"姐姐无事就好。"李媛媛吞吞吐吐地说，"皇后偷偷养过几个毒师，我看他最近在炼药，不知道这是要对谁下手。"

可莹心下明了，叮嘱说："注意收集证据，不能再让皇后伤害其他人了。"

李媛媛点头称是，还想说什么，忽然感觉到太阳穴猛烈地跳了起来。她抬起头，正看到几个小黄门往这边看过来，目光里透着猜测和怀疑。

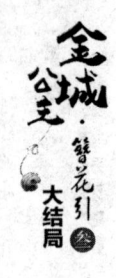

　　她们姐妹素来不睦，皇后才放心地让李媛媛为自己所用。宫里人多眼杂，如果被人知道李媛媛倒戈，肯定会给李媛媛引来杀身之祸。

　　李媛媛心虚，忙端端正正地在自己的席位上坐好。可莹也收回目光，装作一副和李媛媛并不亲密的样子。

　　宴会进行到高潮，皇后才姗姗来迟，对着皇帝盈盈一拜："臣妾有事耽搁了，没能陪陛下尽兴，还请陛下恕罪。"

　　皇帝淡淡地说："不用谢罪，今日立秋，不似那些大节日，不用太过拘束。"

　　皇后这才露出笑颜："谢过陛下。不过陛下说不是大节日，臣妾可有不同的看法呢。"

　　"哦，说来听听？"

　　"陛下，金城公主就要嫁去吐蕃，像今日这样相聚的日子不多，这样的节日岂能是小日子呢？"

　　皇后说完，席间的诸位王爷纷纷称赞。皇帝面色稍缓，对皇后说："皇后过来坐吧。对了，朕见后宫也没有多少事务，怎么今日来得这样晚？"

　　"怎么没多少事务？金城公主嫁入吐蕃，就是大事一件。"皇后温柔地说，"为了金城公主能顺利嫁入吐蕃，本宫想要亲自为公主挑选送驾的队伍，陛下可否准了臣妾？"

　　可莹顿时感觉毛骨悚然。

　　皇后向来口蜜腹剑，阴招不断，尤其又对自己抱有太多的不满和怨恨。若是让皇后亲自操持护送自己的队伍，恐怕还未出大唐边境，她就小命危矣。

　　况且，方才李媛媛还透露了一个消息——皇后在秘密炼毒。虽说有罗公远保驾护航，可毕竟鞭长莫及，万一皇后在她身边安插了眼线，陪她一起到了吐蕃，借机兴风作浪，那可就麻烦了。

　　思及此，她也顾不上等皇帝回答，起身道："父皇，母后平日里事务繁忙，儿臣实在不忍叨扰母后。"

　　"也是，皇后已经够累的了，还要管金城公主这边，担子也太重了。"皇帝不着痕迹地拒绝。

皇后眼中有一丝怨毒一闪而过，随即恢复常态："那臣妾就不管了，还希望操办此事的人打起十二分的精神好好办差，不要委屈了金城公主才好。说起来，臣妾见陛下近日操劳，心里十分担忧陛下的龙体。"

皇帝按了按太阳穴，说："近日批改奏章太多，是有点儿头疼，不过太医瞧了，并无不妥。"

可莹观察到皇帝这句话说完，席间众人纷纷露出跃跃欲试的神情，她忍不住露出一丝嘲讽的笑。

皇帝病了，这在众人眼中不是令人担忧的事，而是一个可以讨好献媚、加官晋爵的机会。可莹开始有些心疼皇帝了。

她正想着，忽然听到一个声音在席间响起："父皇，儿臣最近得了一件宝贝，说是有清凉去痛的功效，对去头疼更是有奇效。"

可莹循着声音望去，只见说话的人是太子李重俊。他一改往日唯唯诺诺的神情，此时器宇轩昂，眉眼间带着奕奕神采。

因为是太子，所以他一直不被皇后和安乐公主待见。此时看到太子一副要献宝的架势，皇后冷笑一声，道："太子，陛下的病自然有太医医治，你这宝贝来历不明，万一加重了病情怎么办？"

"这宝物儿臣已找人试过，均有立竿见影之效，并无病情加重的情况出现。如果父皇用了无效，不用就是。但父皇若是试也不试，万一延误了龙体康复怎么办？"李重俊振振有词。

可莹依稀记得，李重俊向来不敢忤逆皇后，这还是他头一次在这么多人面前反驳皇后。

她细细观察着李重俊，发现他双目微微圆瞪，两颊潮红，似有亢奋之意，看上去有些反常。

皇帝似乎也留意到了这些，不过他以为这是李重俊太过心急，于是摆摆手说："呈上来吧，朕这会儿就试试。"

"父皇，儿臣保证，这宝贝定能奏效！"李重俊更加兴奋了，让身后的小

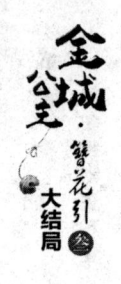

黄门托着一个金黄锦盒，恭敬地趋步上前。打开锦盒，他取出一个晶莹剔透的玉轮，执着黄金手柄，介绍道，"父皇，这就是我新得的宝物——玉冰轮。据说这玉石产自东海，通体透明，在额头上滚上一会儿，就能神志清明，百痛全消。儿臣不敢独享宝贝，特献给父皇解忧。"

"哦？真有这么神奇？"皇帝看了身边的小黄门一眼。小黄门立即会意，走上前说："太子殿下，您的诚心大家都明白，但是规矩不能废，这玉冰轮嘛，还是要先试一试毒。"

"按规矩来。"李重俊将玉冰轮放在小黄门的手心里。

小黄门将玉冰轮在手背上滚了两下，又用银针在上面蹭了蹭。待他观察了一会儿银针，才对皇帝说："陛下，太子殿下所献宝贝没有任何问题。"

"好，朕试试这个宝贝功效如何。"皇帝将玉冰轮拿起，在额头上滚了滚，顿时觉得玉冰轮所到之处清凉爽快，十分舒服。皇后见他神色飞扬，笑着说："陛下，让臣妾服侍你吧？"

皇帝拨开她的手："不用，这么小的玉冰轮，也需要你服侍？皇后，以后你对太子不要太过严苛了，他的确有一颗赤诚之心。"

皇后脸上挂不住了，却还是赔着笑："是，臣妾以前对太子的确是太严苛了，还希望太子不要介意。"

李重俊皮笑肉不笑，对皇后道："母后言重了。"

可莹知道这对表面上的母子，背地里斗得你死我活。此时，她也不多说话，只是低头慢慢吃着莲花糕。

皇帝用了玉冰轮，头痛减轻，龙心大悦，立即吩咐御膳房把晚宴也备上。可莹看这情况，便以身体不适为由起身告退。

她素来不喜热闹，这一点皇帝也明白，于是便同意让她回去休息。

七

可莹离开的时候,正值暮日西沉。

黄昏的日头最是漂亮,像熔炉里烧红的一块铁,滚烫地挂在天际,连同云彩都烫得发红。

可莹和玲珑走过一座拱桥,突然在桥心上站定,怔怔地望着一池莲花。此时的夕光落在绿伞之上,在风吹动的时候流光溢彩,格外好看。

玲珑将手中的提篮举了举,问道:"公主,你在这里看什么呢?"

可莹微笑:"观莲。"

玲珑"扑哧"一声笑了出来:"公主,你也太奇怪了吧。刚才皇帝举行宴会的地方景致比这个好多了,你反而不赏。倒是这会儿,你倒是赏起莲花来了。"

可莹慢悠悠地说:"你懂什么,赏景,就是要一两个人才好。众人一起赏景,反而破坏了我想要的静谧之美。"

"是,公主说得对。"玲珑捂着嘴笑。

可莹白了她一眼:"看你的样子,就是不认同我的说法了。也是,你什么时候……"

她说到一半,忽然不说了。

"公主,怎么了?"玲珑察觉有异。

可莹望着远处,宫宴依旧在进行,只是几十米开外的小道上,李重俊和安乐公主正相对而立。安乐公主的情绪似乎非常激动,数落着李重俊,突然伸手打了他一巴掌。

李重俊捂着脸,低着头什么也没有说。

纵然他贵为太子,在地位更加尊贵的安乐公主面前,也只有忍气吞声的份儿。毕竟,皇后的势力在朝中盘根错节,太子必须要小心谨慎,行将踏错一步,便是万劫不复。

几十步之外,就是皇帝举办的露天宴会。歌舞升平,觥筹交错,丝竹管弦声掩盖了这不和谐的巴掌声。

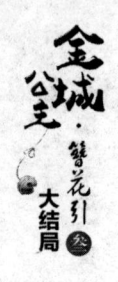

可莹知道安乐公主一定是嫉恨李重俊在宴会上出了风头，也知道以安乐公主的性子，迟早会报复李重俊。但真的看到这一幕，可莹再也忍不住心头的愤怒和厌恶，皱着眉头转身走下拱桥。

"公主，等等我。"玲珑追上来。

可莹放慢了脚步，抬头望着西沉的夕阳，自言自语道："再过些日子，就再也不用看到这些了。"

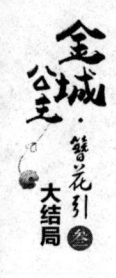

一

过了几日，宫里渐渐清静下来。

可莹不再学习幻术，而是每日在宫里看书，累了就做一些女红。她缝了许多红色的小布条，在布条上绣上六字真言，然后绑在宫苑中央的一棵大树上。短短几日，大树上就变成了红绿相间的模样。

"公主，你绣这些做什么呀？"树下，玲珑扶着梯子，看可莹站在梯子上系布条，"公主小心啊！让我来挂这些红布条吧。"

"不行，必须要我亲自来挂。"可莹认真地把布条系在树枝上，拍了拍手，"这是为善擦拉温祈福用的，必须我亲力亲为。"

玲珑红了眼圈："公主，你说他还活着吗？"

"不许说丧气话，这会让许愿布条失去效力的！"可莹语气加重，明显有些生气，"他活着！肯定还活着！"

刚开始，许多人都不相信善擦拉温会轻易身亡，可是随着时间的推移，这些人也开始动摇了。

如果善擦拉温没有死，那么吐蕃使者肯定会及时禀报皇帝，以辟谣言。可是吐蕃使者毫无动静，所有人都开始怀疑，其实他们收到了善擦拉温的死讯，但因为怕大唐反悔，不让金城公主嫁入吐蕃，所以才将消息压了下来。

各种猜测都趋向于最坏的结果，可莹的心一天一天地冷了下来，只有在做许愿布条的时候，才会察觉到心头的一点儿温度。

入夜，她躺在床上翻来覆去，怎么也睡不着。

往事历历在目，善擦拉温的笑颜不停地在她脑海中来回飞旋。可莹心绪烦乱，索性悄悄起床，点了一盏灯，打算再做些小布条。

正是立秋过后，夜里依然闷热，窗户并未关严。可莹执灯走到窗台前，刚坐下就心头一沉！

宫苑中央的大树上，原本挂着许多红布条，可是现在一根都看不见了！

可莹急了，随手抓了一件外袍披在身上就匆忙跑到宫苑里。脚步声惊醒了玲珑，她跟着跑了出来："公主，怎么了？"

"树上的红布条呢?"可莹急得快哭了。

玲珑抬头一望,也惊呆了:"安寝的时候还在呢……"

她抽了抽鼻子,嗅到空气中飘来一股似有若无的酒味,顿时勃然大怒:"一定是罗公远!"

可莹弯腰从地上捡起一根树枝,狠狠往树冠里丢去:"罗公远,你给我出来!布条呢?"

一只手从浓密的树叶中垂下,手里还攥着一只酒壶。接着,李轻羽的声音传来:"是我……是我偷了你的……红布条。"

可莹愣住了。

李轻羽拨开树叶,醉眼蒙眬地望着可莹:"我不是有意的,其实我也想许愿……许愿你能改变心意,不要去吐蕃……"

可莹如鲠在喉,眼眶灼热,泪水几乎要夺眶而出。

纵然谁都明白,包括她自己,吐蕃之行是出于大义,但这世上还是有人对她存着私心。

他不希望她是个英雄,他只希望她幸福快乐。

"皇兄,你先下来,有话好好说。"可莹向李轻羽伸出手。

李轻羽翻了个身,从树上跳了下来,快落地的时候做了一个漂亮的回旋,稳稳站住。他靠在树干上,将最后一滴酒喝完,然后将一把红布条塞到可莹手里:"我许的愿望都在这红布条里,回头……回头你帮我挂上去吧。"

"皇兄……"

"我以前不信这些,可是你信,我也就跟着信了。"李轻羽喃喃自语,"可莹,我希望你最幸福最快乐,可是你辜负了我的心愿,坚决要去吐蕃那个苦寒之地,你知道我有多失望吗?父皇明明给你选择的机会,你可以不去的,你为什么要这样傻?"

可莹终于忍不住落泪:"我明白。可是这辈子辜负你的,我只能下辈子实现了。希望你在这里能好好的。"

一路走来,一直都是李轻羽护她周全,只因为他们是兄妹,有着不同又相

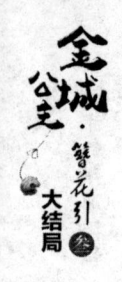

似的处境。

玲珑在旁边跺脚:"你们两个人怎么大半夜的发神经,让侍卫看见了怎么办?"

"侍卫都被我屏退了。"李轻羽将酒壶轻轻放在地上,盘腿而坐,"可莹,别赶我走。"

可莹沉默地点了点头,转身往宫室里走去。走了几步,她回过头,发现李轻羽已经靠在树上睡着了。

"你去喊个侍卫过来,把他扶回去。"可莹对玲珑说。

玲珑也有些伤感:"是,公主先去休息吧。"

可莹看着手中的许愿布条,心里五味杂陈。她不知道李轻羽将这些解下来的时候,是怀着怎样的心情。

"对不起,对不起。"她捧起红布条,将脸埋在布条里,哭了起来。

夜色里,她和他之间不过十几步远,却像隔了条星汉。

玲珑安顿好李轻羽，打着哈欠回来，看到可莹正坐在桌前做女红。她吃了一惊，忙上前说："公主，你怎么还不歇息呢？"

"我要再做一根许愿布条。"可莹一边绣，一边说。

玲珑伸出手："我来做吧，就当是我的一点儿心意，为王子祈福。"

"不，这根布条不是为他做的。"可莹抬起头说，"是为李轻羽。"

玲珑一怔，知道自己劝也劝不动，只好坐到一旁为她递针线。两个人配合得非常默契，很快，许愿布条就要完工了。

"公主……"玲珑正想说些什么的时候，忽然听到震天动地的一声巨响。她一个趔趄，差点儿跌倒。

"发生什么事了？"可莹霍然起身。

玲珑推开窗户，惊讶地看着宫门方向的一抹红霞："宫门走水了！"

"这不是普通的走水。"可莹皱着眉头说，"宫门处没有宫苑，没有火烛，怎么会走水？还有，刚刚那声巨响是怎么回事？"

可莹正在思索，外面忽然闯进来一个宫女，气喘吁吁地说："公主，大事不好了！"

"到底发生什么事了？"可莹眸光一紧。

宫女惊慌地说："有叛军攻入皇宫了！刚才的巨响就是宫门被破的声音！公主，现在宫里头乱成一团，怎么办？"

"怎么会有叛军？"可莹瞪圆了眼睛。

"听说……听说是太子李重俊。他……他反了！"宫女吓得哭了起来，"听说是他送给陛下的冰玉轮上有毒，现在陛下奄奄一息，他就趁机逼宫，要陛下立即禅位给他！"

可莹后退两步，跌坐在地上，抱住头，努力回想着之前发生的一切。当时皇帝说头疼，太子李重俊起身献宝，眼神切切，不像是有意加害……到底是哪里出了问题？

"不对！太子一定有冤情，他位居东宫，是一人之下万人之上的储君，他

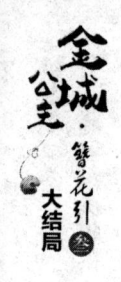

有什么理由造反?"可莹口中念叨着,"他会去杀谁?不会是父皇,因为他担了弑君的罪名,就是失德,再也不能让天下信服。他会杀的人是……"

可莹的脑海中立即浮现出李隆基的面孔——一个储君,会干掉其他有可能成为储君的人。

李重俊最忌惮的人,除了安乐公主,应该还有李隆基!

"临淄王今日也在宫里!"可莹站起来,焦急地在房中走来走去,"是了,他和陛下一同商议进入吐蕃所需要带的人和物品,现在也在宫里。李重俊选择这样一个时机发难,是想要一网打尽!"

玲珑在旁边,泫然欲泣:"公主,你是说王爷也有危险?"

可莹没有立即回答,低头看了看身上的衣服,飞快地说:"玲珑,把你的衣服找给我一套,这身公主宫服太显眼了!"

玲珑依言照做,用最快的速度换好衣服。可莹戴上面纱,快步往外走。玲珑赶紧拉住她:"公主,换好衣服就该躲起来,怎么反而要出去?外面危险!"

"我去看看皇兄,他喝醉了,头脑不清醒,万一撞上敌人,他没法保护自己的。"

"不行,外面危险,你这不是自投罗网吗?"玲珑死死地抓住她的衣袖。

"没时间了,我必须出去找皇兄!"可莹匆匆往外走,全然不顾身后宫女的劝说。

宫苑里,侍卫严阵以待,将宫门口防守起来。见可莹要往外冲,侍卫们齐刷刷地跪在地上:"外面危险,请公主三思!"

"开门!我要去找我皇兄!"可莹下令。

为首的侍卫顿了顿,说:"我等以公主的安全为第一要务,哪怕是公主的命令,我等也不能盲从!外面恐有叛军作祟,我们不能放任公主出去!"

可莹又气又急,心里也倍感凄凉。就算她出去,又能做什么呢?从罗公远那里学来的一星半点儿的幻术,怎么可能抵挡得了那些凶残的叛军?

"可莹,开门啊!"外面忽然传来了淑妃的叫喊声。

可莹浑身一凛:"淑妃娘娘?"

"是我！外面好多叛军在追杀我，你快开门让我进去躲躲啊！"淑妃惊慌失措地喊，"可莹，我好歹帮过你，这点儿情分你会顾及的吧？"

可莹站在宫门后，鬼使神差地去拉那宫门。但是当手指触碰到冰凉的金属环后，她蓦然清醒过来。

"淑妃娘娘，有个问题我一直想不明白。太子向来胆小谨慎，受尽安乐公主的欺负也不敢还手，怎么会突然下毒弑君，还逼宫杀人呢？而且，那玉冰轮是被试过毒的，当时可没有验出毒来。"可莹一边问，一边摆了摆手，让侍卫们严阵以待。

门外的淑妃短暂沉默后，才低声说道："具体的事情我不太清楚，但是太子一直恨着皇后和安乐公主。兔子急了还咬人呢，所以太子肯定是急红了眼，才会如此冲动吧？"

"可太子在玉冰轮上涂毒，对他自己有什么好处呢？父皇驾崩，以皇后的势力之大，皇位很有可能落到安乐姐姐头上。"可莹哼笑，"所以，就算太子要下毒，也该给皇后和安乐姐姐下毒。"

淑妃使劲拍起了门："可莹，你到底想说什么？"

"我想说，你们的计划也太阴毒了！"可莹大声说，"玉冰轮上的毒，未必是太子下的！现在叛军逼宫，你是目标之一，你不好好在自己宫里待着，到我这里来避难，安的是什么心？你是想引来叛军，置我于死地是不是？或者，你根本就不是淑妃娘娘？"

只是一瞬间，她已经想通了所有的关节。李媛媛说过，皇后养了大毒师，可能会对其他人动手。她想过自己，也想过李隆基，但万万没想到皇后居然在玉冰轮上涂毒，然后陷害太子！

太子一定是听说皇帝中毒，明白自己性命和皇位不保，才铤而走险，发动大军进行逼宫。他想为自己洗刷冤屈，想要报受辱之仇，选择的却是一条不归路。

说不定，太子性情大变，也和皇后有关。可莹想起了他眼睛里过于兴奋的光亮，还有两颊不正常的潮红，他很可能中了什么药物，在这种药物的驱使之

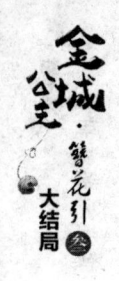

下,才做出了疯狂的举动!

太子走这一步棋,应该是在皇后、安乐公主和淑妃的预料之中。她们肯定已经提前布好局,在保护自己的同时,除掉自己的眼中钉。

门外的淑妃静了一静,问:"我不是淑妃,那我应该是谁呢?金城公主,难道你不好奇吗?"

"安乐姐姐曾经养过一个幻戏师,如果我没有猜错,就是你!你用口技模仿淑妃娘娘的声音来骗我开门,未免也太小看我了。"

门外的"淑妃"闻言仰头哈哈大笑:"金城公主,你倒是机灵!我的确不是淑妃,但就算你看穿了,你同样活不过今晚!"

"你这是什么意思?"可莹追问。

玲珑忽然上前一步,将可莹护在身后:"公主,小心啊!"

只见门缝里忽然钻进数条红色的小蛇,蜿蜒着往可莹的方向奔去。蛇头可怖,眼睛里闪着绿莹莹的光。

侍卫们纷纷点起火把,将可莹围在中间:"公主别怕!我们来保护你!"

"这是火蛇!"可莹一眼就认了出来,"它们会喷火!我们要散开些,你们要小心啊!"

她的手心里沁出了汗水。虽然这些火蛇都很细,腹中没有炸药,但火蛇的厉害,她不是没见识过!

侍卫们忙拥着可莹往水缸的方向撤退。玲珑手脚利落地将可莹浑身上下都淋湿,然后才舀水浇在侍卫们的身上。

不等他们准备好,一条火蛇忽然仰起头,大嘴张开,喷出一串火焰!

玲珑尖叫一声,飞快地往火蛇的方向洒水。就在这时,半空中忽然飞出一道人影,正落在侍卫面前。可莹定睛一看,居然是李轻羽!

"皇兄,你回来做什么?这里危险!"可莹急了。

李轻羽只来得及回头看她一眼,就立即举起手中的酒壶,绕着火蛇飞掠一圈。

酒水在火蛇周围洒成一个圆圈,李轻羽飞快地掏出火石,擦出火花,往酒壶里一扔，劈手就将酒壶砸到地上。

"轰！"

火光顿起，将火蛇团团围住。火蛇下意识地吐火，却引起了更猛烈的火焰。只是眨眼间，火蛇就陷于火海之中，痛苦地扭动着身躯。

"为了使它们能钻进门缝，放的这些火蛇尚在幼年，只能吐火，却没有长出足以防火的鳞片，此时只能作茧自缚了。"李轻羽见危机已经解除，才回过身向可莹解释。

侍卫们立即下跪："属下誓死保卫八皇子和金城公主！"

李轻羽让侍卫们起身："外面那个幻戏师已经被我打晕了，你们守好这里，千万不能让叛军进来！"

"是！"

"皇兄，你见到临淄王了吗？"可莹上前一步。

李轻羽淡淡地说："临淄王武功盖世，机敏警醒，不会被叛军困住的。我还有事，要先走。"

可莹眼看他准备离开，忙上前抓住他的手，将那根许愿布条塞到他手里。李轻羽愕然地低下头："这……这是？"

说话时，他吞吐间有一股清淡的酒气，步伐也有些踉跄，大约是还没有彻底醒酒。可莹红了眼眶："这是我做给你的许愿布条，你不是想要吗？这布条上绣着你的名字，是只给你一个人的。"

火光照亮了李轻羽的半张脸，也照亮了他眼角的红血丝。他将布条攥在手心，简短地说了两个字："谢过。"

"其实，我在挂许愿布条的时候，也为你祈福许愿了。"可莹真诚地说，"我希望李轻羽能够长命百岁，一世无忧。"

李轻羽认真地看向可莹，眼神里说不出是震惊还是感动。

"所以，带上这些侍卫，也带上我和玲珑，我不想你一个人再出入杀场了。"可莹央求，"我有父皇御赐的金牌，说不定关键时刻能够派上用场。"

李轻羽重重地点了点头："好。"

三

出了宫门,可莹就看到门外倒着一名容貌普通、头发斑白的普通妇人。看来,刚才假扮淑妃的人就是她。

"把她给我绑上。"李轻羽下令,"等这件事平息之后,再找她算账!"

妇人半睁着眼睛,有气无力地说:"你们……别想从我这里……得到任何消息!"

"扳着她的嘴!"李轻羽忙说。

可是来不及了,妇人表情有些古怪,头一歪,嘴角流下一线鲜血,瞬间毫无生气。

"为了保护皇后等人,竟然不惜赔上自己的性命!"李轻羽眼中燃烧着熊熊怒火,"皇后她们到底害了多少人!"

夜风拂过,远处传来喊杀声。可莹抽了抽鼻子,嗅到风中传来的血腥味,心头愈发沉重。

"皇兄,既然你认为临淄王不会有危险,那我们去找罗公远吧。"可莹提议。

玲珑惊讶:"公主,罗公远的能力远在临淄王之上,此人深不可测,他应该不需要我们去救。"

可莹摇了摇头:"我感觉他有危险,你们就信我一次,行吗?"

"好,我们走。"李轻羽选了一条小路,"我们走这边,虽然稍微远了点儿,但是叛军暂时不会到这边。"

可莹点了点头,带领侍卫们跟着李轻羽。一路上,她心惊胆战地看着路边血流成河的惨状,心里更加凄凉。

李重俊,你为什么要如此糊涂,选择这样一条不归路?

关于太子,可莹并没有多少印象,只记得那是一个笑容温和、从不恶言恶语的人。人生如戏,那样一个人竟然也会有一天拿起屠刀,劈向他引以为傲的大明宫。

"可莹,前面那个人,很像是……"李轻羽突然停下脚步。

可莹循着他的目光望去,只见前方的假山石下趴着一个人,身上穿着的正是王爷朝服。看身形体态,就是李隆基!

他似乎受伤了,满身血污,头朝下趴在地上,一动也不动。

玲珑的眼睛顿时红了,哭喊着跑过去:"王爷!王爷!"

她使劲将那个人的身体扳过来,果然是李隆基。她飞快地检查了一下,李隆基虽然朝服上血迹斑斑,但似乎并没有受伤。

李轻羽走过去,迅速给他诊脉,松了口气:"脉象正常,没有受伤,也不像中毒。"

"那王爷究竟怎么了?"玲珑急得轻轻摇晃李隆基的肩膀,"王爷,你醒醒啊!"

可莹走过去,拍了拍玲珑的肩膀,叹了口气说:"他是罗公远。"

"啊?"玲珑和李轻羽异口同声地惊喊。

可莹伸出手,在"李隆基"的脸上抠抠摸摸,揭下了一块人皮面具。玲珑还是难以置信:"他是罗公远?他不是武功很厉害的吗?为什么会晕倒在这里?"

"他是很厉害,可是他晕血。"可莹想起上次在临淄王的府邸里,罗公远摸到了脸上血迹之后立即晕过去的事情,无奈地摇了摇头。

这世上只要是人,就一定会有缺点,罗公远也是。

"我们快走,这里危险。"李轻羽观察了一下四周,让两名侍卫架起罗公远。

可莹点头,正打算离开,忽然听到有人喊:"这边有人!"

嘈杂的脚步声瞬间而至,一伙凶神恶煞的士兵出现在他们眼前。为首的人大喊:"是临淄王!上头说了,不能放过他!"

"他不是临淄王!"可莹伸开双臂,拦在众人面前,"你们看清楚!"

为首的士兵狞笑:"我管他是不是呢,宁可错杀一千,不可放过一人!"

"不用和他们废话,我带着侍卫杀出重围,你们等会儿见机行事!"李轻羽在她身后低语。

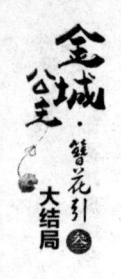

可莹侧过脸，焦急地说："不行，他们人多势众，罗公远还在昏迷，我们不能铤而走险！"

说话时，她忽然觉得一股怒火直冲向天灵盖，一步也不肯退让："本官是陛下亲封的金城公主，要杀罗公远，就先踏过我的尸体，我看谁敢上前！"

叛军们稍稍犹豫，为首的士兵一举手中的长刀："我管你是谁，现在宫里乱成一团，除了陛下，我们谁都顾不得，你还不快让开！"

这句话倒是提醒了可莹。她从怀中掏出御赐金牌，伸手亮出："既然如此，那么见令牌者如见陛下，你们还不速速下跪！"

叛军只接到了将皇后、安乐公主、淑妃和临淄王全部诛杀的命令，并没有弑君的意思。此时，叛军看到令牌，吓得立即面如土色，齐刷刷地跪下，异口同声地说："陛下万岁！"

"令牌在此，我的命令即为圣旨，你们要抗旨吗？"

"求公主恕罪！"叛军低着头道，声音发抖。

"让开！"可莹吐字铿锵有力，让叛军忍不住胆寒，纷纷挪开，让出一条路来。

可莹领着众人走出包围圈，回头看叛军并没有跟上来，才松了一口气："没事了。"

"直到今时今日，我才明白父皇赐给你令牌的真正用意。"李轻羽的声音止不住地发抖，"其实这宫里的明争暗斗，波云诡谲，父皇都看在眼里。他是在用这种方式护你周全！"

可莹泪眼蒙眬，望向被熊熊火光照亮的夜空，以及飘浮在空气中的余烬。

"我们该去找父皇了。"

第七章 山雨欲来风满楼

殿内，一众太医来回走动忙碌，皇后唉声叹气。安乐公主跪在一旁低声哭泣，外间跪着几名大臣，其他的宫人垂手而立。

灯火黯淡，将这些人的影子在光滑的地面上拖出长长的阴影，似是蛰伏的猛兽。

"皇后娘娘，臣已经引出了毒血，可是不知陛下中的是什么毒，如果没有解药的话，恐怕……"一名年长的太医表情哀绝地禀报。

皇后泫然欲泣："你直说便是。"

"陛下脉象细沉，神志昏迷，如果今晚没有好转，明日大唐就要变天了啊！"太医跪了下来。

皇后震惊："这……国不可一日无君，这该怎么办？"她咬牙切齿地怒斥，"都是李重俊！他弑君弑父，心狠手辣！"

"皇后娘娘，您是后宫之主，陛下卧病在床，您要主持大局啊！"一名臣子颤颤巍巍地开了口，"国不可一日无君，所以要尽早定下储君，否则各方势力蠢蠢欲动，该如何是好？"

皇后飞快地说："你说得是。"她看了一眼跪在地上的安乐公主，温声说："安乐，你过来你父皇这边。"

安乐公主从地上站起来，抹着眼泪跪在皇帝身边。皇后牵着她的手，语重心长地说："安乐，你是你父皇最疼爱的女儿，你父皇身体康健的时候就说过，要废掉太子李重俊，立你为皇太女。现在这种节骨眼儿上，你必须要扛起责任啊！"

这字字句句，都在把安乐公主往皇位上推。安乐公主自然知道母亲在帮自己，哽咽着说："承蒙父皇不弃，如此看重安乐，我定会不负众望，扛起这社稷大任，延续大唐荣光！"

皇后拧起眉头："诸位爱卿，陛下现在昏迷，并没有留下圣旨和册书。若是现拟，还要经过中书省、门下省。现在叛军逆贼就在玄武门外，事态紧迫，根本就来不及！安乐公主临危受命，还请诸位爱卿匡扶正义！"

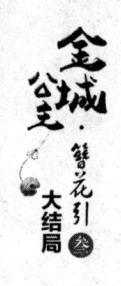

"我等誓死效忠安乐公主!"大臣们异口同声地回答,然后抬手擦了擦额头上的汗水。

皇后向来杀伐果断,此时将他们聚集到这里,用意再明显不过了。如果他们对安乐公主登基的事提出一星半点儿的异议,那他们的性命可就不保了。

不料,话音刚落,殿外就响起了一个掷地有声的声音:"皇后娘娘,陛下不过是微恙,你就要扶安乐公主上位,是不是太过心急了?"

皇后大惊:"李隆基?"

大殿内忽地吹入一股冷风,将帷幔高高地拂起。重重帷帘之后,李隆基稳步走来,眼神孤绝,身上带着一股血腥味。

他身穿银白色战袍,袍上血迹斑斑,脖子上还有两道划痕,鲜红的伤痕在灯火的照耀下,显得格外刺眼。

安乐公主故意哀声问:"临淄王,你不去守宫御敌,来这里做什么?难道你也想造反吗?"

李隆基冷笑:"我再晚来一会儿,恐怕这天下就易主了!"

"你什么意思?本宫是为了大唐社稷,以免国本动荡。再说,给皇帝下毒的人是李重俊,本宫是力挽狂澜,为天下着想!"皇后愤怒地说。

李隆基看向龙床上的皇帝:"现在最要紧的是救治陛下,皇后却把立储君放在第一位,未免太说不过去了吧?你说陛下病情危急,太医们束手无策,可是这宫里还有一人医术高超,让他一试,说不定可以解毒!"

"临淄王,陛下的毒确实古怪……"太医赶紧反驳。

皇后被彻底激怒:"你敢质疑本宫?你说这样的毒容易解,那你来解!"

李隆基看向身后,点了点头。可莹和李轻羽扶着罗公远,踉踉跄跄地走上前来。

罗公远的血衣已被换下。只是因为晕血,他还是耷拉着头。

皇后哑然失笑:"你们不会是要罗公远来给陛下解毒吧?他看上去自身难保呢!本宫身为皇后,不会让闲杂人等轻易接近陛下!"她说到这里,眯起眼睛看着可莹,"尤其是你,金城公主,别以为有了陛下的宠爱,你就可以为所

154

欲为！"

可莹眼睛里燃烧着怒火，心里焦急。她好不容易找到李隆基，让他带自己来见父皇，不能就这么算了！

"皇兄，开始吧！"可莹和李轻羽对视一眼。

李轻羽点点头，将罗公远放下来，掏出一包糖浆，轻轻注入罗公远的口中。

罗公远呻吟一声，慢慢地睁开了眼睛。

"你醒了！"可莹惊喜地说。

罗公远眼神迷茫，舔了舔嘴角的糖浆，疑惑地问："你们……你们怎么知道这个方法？"

可莹回答："猜的，所幸我猜对了。"

之前面对昏迷不醒的罗公远时，她回想起在临淄王府里发生的一切，想到罗公远让管家献上美味，然后用烤鸡蘸取糖浆的时候，猜测他应该是用这种方法预防晕血。虽然罗公远后来还是晕过去了，但也只是昏迷了一个时辰。

可莹自己也拿不准这个方法有没有用，只能试试看。虽然罗公远没有立即醒来，但脸色好了许多。为了争分夺秒，他们不等罗公远彻底醒来，就扶着他去见陛下。在来的路上，可莹已经做好了最坏的打算——罗公远迟迟不醒，他们不得不用各种理由拖延下去。

幸好罗公远立即醒了。

"罗公远，你精通医术，赶紧去给陛下看看吧！"可莹使劲将他扶坐起来，"眼下，也只有你能够救我父皇了！"

罗公远答应一声，稳步上前。皇后怒斥："站住！你这个居心叵测的妖人，本宫还没有找你算账呢！"

安乐公主更是嚣张，站起来伸开双臂，挡在龙床前面："你这个江湖骗子，也敢来给父皇诊治？来人，给我……"

罗公远面无表情，宽袖一甩，安乐公主和皇后只觉得眼前起了一层迷雾，脚下也站立不稳，安乐公主低头一看，发现脚下居然是万丈深渊！

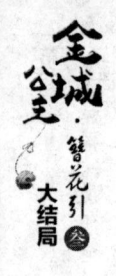

"啊!"安乐公主吓得抱住双臂,瑟瑟发抖。

皇后一把将安乐公主抱住,安慰道:"安乐,不怕不怕!母后在这里……"

可是在其他人眼里,这座大殿里的景象再正常不过,没有大雾,没有悬崖。太医和大臣们面面相觑,宫人们也是一头雾水。

罗公远不去看皇后和安乐公主,而是坐在皇帝身边,伸出两根手指,搭在皇帝的脉搏上。沉默片刻之后,他翻开皇帝的眼皮察看,眉头皱得越来越紧。

"怎样?"可莹紧张地问。

罗公远走到书案前,简单利落地说:"我开一服汤药,马上去熬制,喝了之后陛下就能清醒。"

"太好了,谢谢你。"可莹放下心来。

然而,李轻羽却没那么高兴,他从罗公远凝重的表情上感觉到事情远远没有那么简单。

等到小黄门拿着药方去熬药的时候,李轻羽将罗公远拉到一旁,低声问他:"你说实话,陛下到底怎样了?"

罗公远抬起眼皮,看他一眼:"最多只有三年的寿命。"

"什么?"李轻羽震惊,"不可能!你医术高明,华佗再世,能不能救救我父皇?"

罗公远望着远处的火光,淡淡地说:"我只能让陛下暂时清醒过来,却清除不了深入骨髓的毒素。我是医术高明,可是我终究不是神仙,我也有做不到的事情。"

就像他无所不能,却有晕血的病症;他知道这世上有个世外桃源叫作天眇世,却终究不是真正的天上仙境;他千方百计地想让那个人过上逍遥日子,那个人却非要将整个大唐的荣耀担在肩膀上……

这世上之事,终有遗憾。

"李轻羽,作为兄弟,我想对你说一句真心话,就算陛下每天被人山呼'万岁',也只是一个凡人。只要是凡人,就有生老病死。"罗公远眼中流露出痛惜，轻拍李轻羽的肩膀，"多少人从出生就见不到自己的父亲，你已经比那些人幸运许多。在陛下最后的时间里，你多尽孝吧！"

李轻羽颓然低下头，自嘲地哼笑一声："没有这么复杂的道理，就是那个玉冰轮……"

"你还不明白吗？"罗公远打断了他的话，"就算是因为玉冰轮的毒，我也不希望你生活在仇恨里，她也不希望！"

李轻羽被罗公远的话震动了，整个人像大梦初醒一般。他下意识地扭头看向室内，看到可莹坐在床前，正在喂皇帝喝药。少女清秀的轮廓，是那样姣好。

"是，这世上有如此美好的她，我不能生活在仇恨里。"李轻羽哽咽着说。

浓重的夜，正在被叛军们撕开。无数御林军正在抵挡杀敌，维护大唐的尊严。而眼前的她，眼里盛满希望，是那样美好。

人生不如意事十之八九，而她就是美好圆满的那部分。为了她，他愿意卸下满心的愤懑和仇恨。

一只手从后面拍了拍李轻羽的肩膀。

李轻羽回头，看到李隆基面色肃冷地站在他身后。

"这件事，你们都不用管。"他一字一顿地说，"谁下的毒，我会让谁付出代价！"

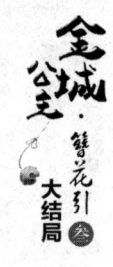

五

皇帝服下汤药,很快醒过来。他挣扎着起身:"扶朕去城门……"

"陛下,你的身体……"太医有些担忧。

"事态紧急,朕必须去楼槛!"皇帝咬牙道,"朕的威信还在,只要承诺卫士们不追究他们的罪责,斩杀叛变首领就能长保富贵,不怕他们不倒戈!"

可莹明白,这是命中叛军的死穴。只要有一个人被皇帝的话说服,那么动摇的军心就会像病毒一般传播开来。最终,叛军还是会臣服于皇权。

果然,皇帝离开后没多久,前方就传来消息——叛军倒戈,斩杀叛军首领。

可莹闻言,松了一口气,但想起那些无辜受害的宫人,心里还是有些酸涩和痛楚。

"陛下,您昏迷这段时间里,臣妾好担心啊!"皇后抹着眼泪说,"还有裹儿,在病榻前为您尽孝,不知道有多细心!"

皇帝冷着脸,并没有回答,而是问:"太子还是逃了?"

"回禀陛下,太子大势已去,逃不远,也逃不久。等把他抓回来,就知道他叛变的真正原因了。"李隆基说。

皇后眼睛里迸发出怨毒:"太子谋反,其罪当诛!还审什么,应该下令立即诛杀!"

李隆基忙说:"可是据太子说,玉冰轮上的毒不是他下的。陛下,还是该先寻回太子,审问一番。"

皇帝疲惫万分,闭上眼睛,淡淡地说:"毕竟是朕的皇太子,做了天大的错事,朕也要听他一席话的。就这么办吧。"

"是。"李隆基答应。

皇后满脸不安,却也只能说:"陛下英明,的确要听听太子怎么说。"而后,她迅速和安乐公主交换了一下眼神,彼此都有些慌乱。

只要李重俊活着,下毒的事就迟早会暴露。

六

晨光熹微。

宫室里尚未点灯,显得有些阴沉,镏金的雕花物什没有光线的加持,都失去了高贵的质感。

安乐公主坐在梳妆镜前,百无聊赖地梳着长发。蓦然,皇后出现在镜中,安乐公主立即像抓住救命稻草一般,霍然起身。

"母后,怎么样?"她的声音微微发抖,似乎已经紧张到了极致。

皇后轻拍她的手背:"放心,母后已经安排妥当,李重俊这次插翅难逃,没有那个命到你父皇跟前胡说八道了。"

安乐公主如释重负地重新坐下,却又想起了什么:"可是,母后,父皇……他真的病入膏肓了!我真的没有想到,母后你居然会这样绝情……"

"我的傻孩子,这可不是你心软的时候。"皇后看着镜中的安乐公主,用手指轻抚她的脸庞,"李隆基表面上沉迷戏曲,实际上在背地里都做了些什么?他和太平公主已经联手,这对于我们来说很不利。"

安乐公主打了个寒战:"姑姑……"

太平公主对她们来说,一直都是一个最大的威胁。那是则天皇帝的小女儿,从出生便受尽宠爱。则天皇帝认为太平公主很像自己,常常让她商议政事,这些都是公开了的事情。

"本宫想借李重俊这件事扳倒太平,没想到她在朝中的势力太大,一时间不好清除,这件事还得从长计议。"皇后将一根金簪重重地插到安乐公主头上。

安乐公主抬手抚摸着金簪,方才那股惶恐不安的表情迅速退去。她冷笑一声,道:"母后你放心,有李重俊这个例子在,本宫不信李隆基能做出什么出格的事情来。"

皇后欲言又止,最后重重地叹了口气:"裹儿,你果然还是太年轻了。"

安乐公主眼神茫然。

"在这世上,没有什么信不信的。你放过的,终究会变成你忌惮的。"

七

皇宫里一片狼藉,不过只用了两天的时间就洗刷一新。可莹坐在廊檐下,望着宫苑里花卉吐香,绿叶可爱,恍恍惚惚中,觉得之前的一切仿佛是一场仓促的噩梦。

没有动乱,没有逼宫,一切不过是幻戏。戏终人散,戏子卸妆,忘记了戏中的悲欢离合。

可是,墙角的砖头被烧得漆黑,平日里来送份例的宫人没有出现,宫人们犹如惊弓之鸟……种种都提醒着她,这不是戏。

"公主,公主!"玲珑突然从外面匆匆忙忙跑进来。

可莹站起身,拉过她的手:"出了什么事?慢点儿说。"

"太子逃亡途中被亲信暗杀了。"玲珑的声音里带着哭腔,"这下死无对证,无法查出玉冰轮的毒到底是谁下的了。"

可莹心头揪紧:"我不信,你听谁说的?"

"是王爷……王爷说的。"玲珑说,"王爷也在生闷气,本来凭着太子的口供,就能将皇后……"

她没敢继续说下去。这皇宫里,有些话只能烂在心里。

可莹会意,也没有再问,只是重新坐回到圈椅里去:"恶人自有恶报,只要父皇好好的就行了。"

玲珑欲言又止,眼中含泪,却终究什么也没有说。

李隆基告诉她,皇帝命不久矣,这件事绝对不能告诉可莹。可是玲珑看到可莹还被蒙在鼓里,心头只觉得痛楚异常。

可是告诉了公主,又能怎样呢?

玲珑咬了咬下唇,眼神黯然,屈膝告退:"公主,既然事情都过去了,你也不必忧心。我去小厨房给你端一碗甜品丸子来。"

可莹喊住了她:"玲珑,你现在和临淄王还是走得很近吗?"

玲珑脸上一红,沉默地点头。

可莹无奈地一笑:"宫变的时候你也看到了,罗公远为了引开叛军,假扮临淄王，差点儿死于非命。我不是说临淄王心狠，而是想说，要留在临淄王身边，必定会有许多危险。他现在对你十分信任和宠爱，也许多年以后，他可能也会和父皇一样，有三宫六院。你现在拼上自己的性命留在他身边，到头来可能并不会善终，值得吗？"

玲珑一笑，跪下来，眼睛直视着可莹。

"公主，王爷赐给我一个名字，叫江采萍。"玲珑笑得一脸幸福，"江上浮萍无根，幸得三郎眷顾，采于手心宠爱。他让我看到了这人世间有多珍贵！公主，你要问值不值得，我却从来没有想过这个问题。能不能善终，要到很多年以后才能知道。这一刻，我是甘愿不得善终，也想要留在王爷身边的。"

可莹怔怔地看着她，少女的眼神执着火热，义无反顾，很像扑火的飞蛾。

可是对于飞蛾来说，还能有什么更好的结局呢？掉落尘泥的结局，未必就比化为一朵花火更美好。

在外人眼里，只知道飞蛾扑火的惨烈，可是只有飞蛾知道，向往光亮的心情，远远凌驾于生命之上。

"明白了，你去吧。"可莹收回目光。

等玲珑离开，可莹弯腰捡起了脚边的一片银杏叶。

银杏叶透过阳光，显出上面错综复杂的叶脉。可莹细细地看着，苦涩一笑，自言自语："你看，你自己都没有考虑善终这回事，居然还教训起别人了。"

她望着宫苑里的那棵大树，树上红绿相间。有风吹过时，许愿布条迎风摇动，像无数条鱼尾，挣扎着游向大海。

江河的归宿，终究是大海。

万水归海，不再回头。

一

景龙四年，金城公主奉命带领着浩浩荡荡的队伍出发前往吐蕃，以结两国友邦之谊。皇帝爱女心切，亲自为金城公主摆宴饯行。

可莹临行前，皇宫里宫宴不断。

当罗公远跟着李隆基出现在宴会上的时候，可莹惊讶地发现，罗公远这一次并没有易容，他是以少年模样示人的。

"你不怕被人认出来吗？"可莹赶紧提醒，然后看向李隆基，"王爷，你明明知道他不能……你还由着他胡来。"

李隆基微微一笑："他说最后见你，总要给你看原本的面目，不能再易容了。本王想着也有几分道理，就随他了。"

罗公远哈哈一笑："放心吧，公主，罗某敢拍胸脯打包票，绝对没人认出我是谁。"

话音刚落，李媛媛就从不远处走过来。看到罗公远，她大吃一惊："师父，你怎么换了张脸？"

可莹"扑哧"一声笑了出来。罗公远脸上挂不住，咳了两声："县主，你居然能认出我？"

"当然啊，虽然你换了五官模样，可是举手投足风流犹在，不是你还能是谁？"李媛媛认真地回答。

可莹不由得惊叹李媛媛眼力十足，温声说："你比以前长进不少，这样我也就放心了。"

"我不会再被安乐公主差遣了。以前是我昏了头，一心想要为邠王府出头。"李媛媛不由得苦笑，"姐姐，你能原谅我和母妃吗？我们做了许多错事，让你受委屈了，现在无论你怎样报复我都可以。"

可莹淡淡地笑："我不想报复。"

"我是说真的，你别以为我是虚情假意。"李媛媛认真地说。

可莹不由得感慨。她曾经想过，有朝一日，她会如何如何报仇。可是有一天，报仇的机会真的摆在她面前，她却什么都不想做了。

尾声 黄沙漫漫红绸伴

"过去的事情都过去了。媛媛,你要记住,我们永远血脉相连。"可莹语气真诚,转而看向李隆基:"王爷,可莹在这里求你一件事。媛媛与我和解,皇后和安乐公主肯定不会放过她。你要替我守护她,守护邠王府。好吗?"

李隆基答应:"我会的。君子一诺,一言九鼎。"

李媛媛感动地牵着可莹的手,想再说什么,却只是泪眼蒙眬,什么都没说出来。

"对了,八皇子呢?"罗公远忽然想起了什么,目光在人群中搜索,"上次打赌输了,他还欠我一顿酒呢,不会是赖账,不敢见我吧?"

可莹心念一动,也跟着四处张望。可是皇子席位中,唯有李轻羽缺席。她连忙招了一个平日里服侍李轻羽的宫人,喊她过来问话。

"启禀公主,八皇子近日抱恙,怕病气过给旁人,所以在自己宫里养病。"宫女禀报说。

可莹忙问:"什么病?可严重?"

"不严重,就是不能见风。"宫女说。

罗公远哼了一声:"什么病到我这里都不算病,回头我去看看,保准他立即药到病除。"

宫女犹豫了一下:"八皇子也说了,谁都不用去探视他。"说完,宫女低着头匆匆离开。

可莹皱了皱眉头,总觉得哪里不对劲,可是又说不上来。

在最近这段时间里,李轻羽行事十分古怪,神龙见首不见尾,可莹已经很久没有看到他了,偶尔在宫里碰到,李轻羽也只是简短地对她寒暄几句,并不多话。好几次,可莹主动找他,他都是能躲就躲。

难道,李轻羽有事瞒着她?

可莹脑中立即出现许多不祥的可能性,每一个都让她心惊肉跳。

"玲珑,等宴会松泛点儿,我就去找李轻羽。"可莹低声对玲珑说,"你在这边帮我盯着点儿。"

玲珑睁大眼睛:"可是公主,这个宴会是为你准备的,万一陛下问起来,

我要怎么回答?"

可莹正要回答,忽然听到宴会外面响起一阵喧闹的欢呼声,听声音似乎是吐蕃语。

皇后正低头看戏单,听到声音后抬头,皱眉说:"这些吐蕃人就是没大没小,这是陛下的宴会,在外头也敢闹成这样!也就因为他们是外宾,礼让他们三分罢了,还真当自己是贵客了!"

这话说得很不客气,话里话外都有刺儿。可莹听出她的弦外之音,立即不自在起来。

"皇后,吐蕃是贵客,虽说入乡随俗,但他们偶尔闹一闹也无妨。再说这不过是宴会而已,要什么紧。"皇帝不满地看了皇后一眼,吩咐身边的宫人:"去问问,吐蕃人为什么喧闹。"

话音未落,不等那个宫人应答,吐蕃使臣就匆匆走进来,跪在地上,颤声说:"大唐皇帝,臣有喜讯要禀报!"

"说。"皇帝下令。

吐蕃使臣抬起头,看了看陛下,又看向可莹,才激动地说:"吐蕃方才传来消息,我们伟大的吐蕃王子善擦拉温受苍天庇佑,万民拥护,即将继位为我们吐蕃的新赞普!"

新赞普?

可莹被这巨大的惊喜撞击得头蒙蒙的,有些不知所措。她喃喃自语:"善擦拉温尚在人间?"

"公主,他没有死!"玲珑的声音传到耳边。可莹扭头,看到玲珑已经是泪流满面。

她往脸上一抹,发现手心里湿凉一片,全是亮晶晶的泪花。原来,她自己也高兴得流了眼泪。

皇帝高兴地站起身来,道:"善擦拉温果然是吉人自有天相!朕就说,他会克服万难,登临赞普之位!传朕的口谕,大宴三日,以贺新赞普之喜!"

"恭喜陛下,恭喜金城公主!"众人站起来,对皇帝和可莹道贺。

皇后的脸拉得老长,却也只能无奈地挤出一个笑容:"金城公主可算是守得云开见月明,之前还不知道善擦拉温是生是死呢,这就等到了天大的好消息。"

可莹稳定了下情绪,站起来对皇后盈盈一拜:"母后说的是,天理昭昭,日明月朗,这天下是一个河清海晏的天下,不会让有运有福之人白白受死,同样也不会让罪孽深重的人逍遥法外。"

她借着这件事暗讽皇后作恶多端,终究会有东窗事发的那一天,又让皇后反驳不得。果然,皇后气得脸色僵白,可是宴会上一片喜庆气氛,她也拿可莹没有办法。

罗公远的席位在远处,他向可莹竖起一个大拇指,似乎在说:"果然是我的徒儿,这小脾气像我。"

可莹一笑,从袖中掏出那张羊皮卷,在桌案下撕得粉碎。

不用说,这张空白的羊皮卷,以及所谓的善擦拉温死讯,肯定是皇后和淑妃的诡计。目的就是要让她屈服,让她不肯去吐蕃,从而向她们投降。

她们一定想不到,这世上有一种向往,是死亡都无法阻止的。

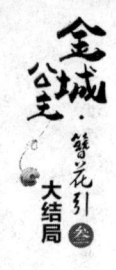

年后,春寒料峭。

可莹穿着一件月白色的宫装,袖口和肩膀飞袖的地方都缀了水蓝色的绒毛,远远望去,像是一株摇曳在春风里的杨柳。

鹅黄色的小花缀满枝头,是这个春日最温暖的色彩。

可莹提着刚刚采的一篮子迎春花,带着玲珑,迤迤然走进李轻羽的宫苑。和上次一样,宫苑里站着侍奉的宫人,宫室的门却紧闭着。

"公主……"宫人们见了可莹,都露出为难的表情。

可莹摆了摆手,示意宫人们都退下。玲珑有些难过,低声问:"公主,八皇子再也不愿意见你了,要不然我进去说说吧?"

"不用,我来吧。"可莹说,"你也下去。"

玲珑无奈,道了声"是",低着头离开。

可莹提着那篮子迎春花,走到宫室门口,敲了敲门:"皇兄,我来看你了,没什么好礼物送给你,我自己采了一篮子迎春花,希望你能喜欢。"

门内毫无动静。

可莹也不恼,继续说:"我四天后就要去吐蕃了,尚宫局准备了一堆华服要我试穿,我这可是偷偷跑出来的。你可得快点儿开门见我,不然等会儿她们找来了,我可没机会见你了。"

门内,依然没有声音。

可莹摆弄着手里的迎春花,噘着嘴巴说:"我知道,你是恼我去吐蕃,恼我不肯留在大唐。我去了吐蕃,你身边连个说知心话的人都没有。在这个世上,可能我们两个人最像了……"

她将头歪在门板上,望着天空,继续说:"可是李轻羽,我们也有不像的地方。我从小就生活在王府,后来入了宫,我没有办法把公主的责任抛到一边。我要先顾得上大唐,再顾得上自己。"

她依旧没有听到任何动静,仿佛门内没有任何人。

可莹很失望,靠在门板上一动不动,继续说:"我现在靠在门板上,你

尾声 黄沙漫漫红绸伴

要是开门,就能把我摔一个大马趴。李轻羽,这么好的机会,你不赶快利用一下吗?"

这一次,门内终于传来了李轻羽的声音:"可莹,你走吧。"

"皇兄,你开开门,哪怕摔疼我也不要紧。"可莹的眼睛里蒙上一层水汽,"这是最后一次了,你都不肯见我吗?"

让她失望的是,李轻羽再也没有开口。

可莹等了很久,都没有等到房门开启。她失望地将迎春花放下,转身走出宫苑。

走到门口,她忍不住回头张望。和她预料的不同,宫室的门依旧紧闭。

他再也不会见她了。

始平县外,远赴吐蕃的队伍出发在即,无数百姓涌到城外,为金城公主送行。皇帝站在可莹面前,满眼疼惜。在他身后,是浩浩荡荡的车马兵队。

"父皇,回去吧。"可莹跪拜,"您的疼爱,可莹会一生铭记于心,一生也不会忘记大唐。"

在这之前,皇帝已经为了她特赦死刑犯人、救济灾民……这一切都是为了给她积福积德,祈求上苍垂怜。

"可莹,珍重。"皇帝举起一杯酒,一口饮下,眼角泪光闪现。

送君千里,终须一别。哪怕皇帝再舍不得可莹,也只能送到这里了。

可莹和皇帝告别之后,登上马车,放下了车帘。车队向西边行进,卷起一波又一波的尘浪。

就这样又行进了几日,道路边为她送行的大唐百姓越来越少,最后一个也看不到了。他们已经走到了人烟稀少的地方。

可莹一直渴望能够在道路两边发现那个熟悉的身影。可是她失望了一次又一次,李轻羽再也没有出现过。

难道,他们真的永别了?

辽阔平原之上,远处的山影连绵不绝。未出大唐,她已经感受到了风刃的凌厉。

"公主,你不要总是掀车窗帘了,仔细风沙伤了眼睛。"随行的宫女不再是玲珑,而是换作一个名叫小溪的圆脸姑娘。

可莹点了点头,怅然若失地将车窗帘放下。

她将头靠在靠背上,长长叹了口气:"李轻羽,算你狠……"

话音未落,一串清越的铃铛声传入耳中,似是被仙子的手徐徐奏响的天外妙音。

这不是马铃声!

可莹一个激灵,将车窗帘重新掀开,问:"小溪,这是什么声音?"

小溪侧耳倾听了一会儿,又让人去周围查探,才回来说:"禀报公主,前方戈壁滩上有一棵枯死的树，树上用红绳系着一串铃铛。可能是旅人遗留下的，不想惊扰了公主休息。"

"带我去看。"可莹不由分说地下了马车。

小溪无奈，不明白金城公主为什么对一串铃铛起了兴趣。在她看来，那串铃铛再普通不过……

可莹跌跌撞撞地在戈壁滩上跑着，奔向不远处的一棵歪脖子树。树上用红绳系着一串铃铛，正被风吹响。

她跑到跟前，双手颤抖着将铃铛解下来。

那上面的不是红绳，是一根许愿布条，上面用丝线绣着两个字——"轻羽"。

半年前的那个夜晚，他喝得烂醉，将她一树的许愿布条全部摘下。她责怪他的孩子气，转身回了宫室，为他绣了一根许愿布条。

在火光之前，她将许愿布条送给了他，告诉他"这布条上绣着你的名字，是送给你的，只给你一个人"。

现在，那个人在哪里呢？

可莹环视周围，用尽所有力气大喊："李轻羽，你给我出来！我知道你一直偷偷跟着我……"

"公主！公主！这附近怎么可能有人呢？"小溪赶紧劝说可莹返回车队。可莹却甩开她的手，指着远方："有！"

天地相接之处，出现了一个黑点，由远及近。

那是李轻羽，他身穿软甲，骑一匹枣红马，马背上还拴着一只刚刚猎下的大雁。少年英姿飒爽，衣袂翻飞，一股侠气扑面而来。

"天啊，八皇子！"小溪惊叫，"他应该在唐宫啊，为什么会出现在这里？这不合规矩……"

可莹面色阴沉。

她自然知道不合规矩，只是没想到，李轻羽在皇宫里生活了这么久，还是脱不掉江湖义气，说走就走。

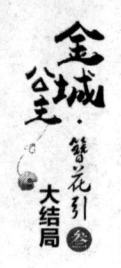

他到底知不知道,他已是皇子,不可以随意出唐!

李轻羽似乎知道两人要问什么,抢在她们前面说:"我已经禀明父皇,请求出皇嗣,不做这个皇子了,从此浪迹天涯。父皇不答应,我就闭关半年,最后父皇总算心软同意了。"

原来,那半年他大门不出二门不迈,是为了这件事。

可莹面色不佳:"那你就浪迹天涯啊,为什么跟着我?"

嘴上虽然谴责,可莹的心里却乐开了花。

她原本以为此生再也见不到李轻羽了,没想到他原本就打算跟着她一同去吐蕃。这一次,他们这对至交好友再也不会分开了。

李轻羽翻身下马,笑得孩子气:"你在哪儿,我的天涯就在哪儿。"他抬了抬下巴,"再说,我用许愿布条许了愿望,这个愿望必须要实现的。"

许愿布条有一条暗口,可莹将那道暗口翻开,看到李轻羽在里面写下了一句话:

此生唯愿,伴卿左右,生生世世,世世生生。

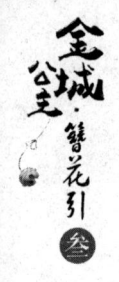

春光乍暖,还带着冬日的余寒。

宫苑的梅林中,玲珑穿着一身月白宫装,挎着一只竹编篮子,小心翼翼地修剪梅枝。她拢起手,轻轻呵暖,睫毛上立即起了一层水雾,连带着袖口的白色绒毛也颤抖起来。

未着铅华,未簪珠钗,反而让她有一种超凡脱俗的美丽。

玲珑再往前走几步,看到了被烧焦的梅树。她心疼地蹲下身来,轻轻抚摸树皮。焦黑干枯的树皮缝隙里,一点儿绿色都没有。这代表,这棵梅树再也救不活了。

"可惜了。"玲珑垂下眼眸,哀哀地叹了一声。

梅林深处却传来一个声音:"经过那一场劫难,这梅林能保留下来大半,已经很难得了。"

"谁?"玲珑讶然环顾,赫然发现不远处的花树下坐着一名少年,正是罗公远。

半年前,皇帝因病驾崩,皇后和安乐公主妄图谋权篡位。紧要关头,李隆基带兵入宫,发动政变,除掉了皇后和安乐公主,淑妃也死于非命。相王李旦即位为帝,立李隆基为太子。

李隆基登临太子之位后,一直忙于政事,所以这半年来,玲珑再也没有见过他,也没有见过罗公远。

此时,她内心震动,快步走上前:"罗公远,你怎么会在这里?太子……他怎么样?"

"我就知道,你一开口就只关心太子殿下。"罗公远拍了拍手里的酒壶,仰头"咕咚"喝了一口。

玲珑蹲下身来，楚楚可怜地说："罗公远，你就告诉我吧……现在局势到底如何？太子殿下如何？"

她明白，即便李隆基坐在储君之位上，局势也不容乐观。太平公主在朝堂上的根基牢固，更何况除掉皇后和安乐公主的那场政变，太平公主起到了至关重要的作用。眼下太平公主自恃功高，如果嫉恨李隆基当了太子，那么下一个被除掉的人就是李隆基。

一山岂容二虎，太平公主和李隆基，究竟谁能笑到最后？

玲珑不敢想，这半年来，她每日都担惊受怕，生怕有一天收到关于李隆基的噩耗。

"他很好，今日就是他让我来传话，你马上就能熬出头了。"罗公远淡淡地说。

玲珑一愣，脑中思绪万千。马上就熬出头的意思，又是一场腥风血雨……铲除了太平公主之后，李隆基坐上皇位这件事，就再也没有任何拦路虎了。

"看来，你懂我的意思了。"罗公远站起身说。

玲珑微微屈膝，沉声说："我懂，还劳烦你转告太子一声，我在这片梅林里等他。他若不来，我就在此终老。"

罗公远却摇头："我不回去了。替太子传完这句话，我就走了。"

"走？你去哪里？"

"她走了已经快一年了……"罗公远仰头望天，目光迷茫，"我想，我也该离开了。"

玲珑沉默，她知道罗公远说的是谁。

可莹远赴吐蕃已经快一年了。这段时间，玲珑常常想，如果她当初跟着可莹去吐蕃，是不是要好过现在这样战战兢兢地过日子。

在这宫里，不少人知道，玲珑是李隆基即将迎娶的人。若是李隆基败在太平公主手中，那她也将跟着覆灭。

覆巢之下，焉有完卵？

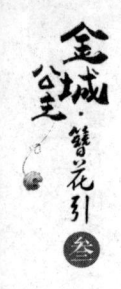

"梅丫头,我最后给你一个机会。"罗公远突然说,"太子是输是赢,现在谁都不确定。如果他赢了,你可以享尽荣华富贵;万一他输了,你会粉身碎骨。但如果你跟我一起离开,就不用担惊受怕了。"

玲珑一怔,眼中浮起了一层水雾。

眼前的这个人,常常取笑她、逗弄她,可真的到了生死关头,他却肝胆仗义,为她着想。

她将泪意忍下去,笃定地说:"我不走。"

"你……"

"我不是为了荣华富贵,我是真的想待在太子身边。"

罗公远低头呵呵一笑:"对于你来说,太子殿下是你的全部。可是对于他来说,你不过是一花一草一木而已。"

玲珑不语。

罗公远继续说:"你自比梅花,可是你知不知道这是一种苦命的花?"

"苦命?"玲珑疑惑。

罗公远点了点头:"在冬霜之时,她们迎着寒风绽放。可是冬去春来,百花盛开,争芳斗艳之时,人们就再也想不起她们曾经傲然开放过。被遗忘在角落里,清丽脱俗又如何?没有人守着一株花过一辈子。所以,明明知道是这样的结局,你也要走下去吗?"

玲珑一怔:"可是对于梅花来说,被遗忘,总好过从未绽放。"

"可是……"

"我要太子想我一辈子、念我一辈子又有什么用呢?从未享受过温存、从未被欣赏,那样才是最可怜。哪怕梅花开得不是最灿烂的,但盛开过,我觉得就应该满足。"

花开花落,本是寻常。

无人赏识,也是寻常。

可是能在最灿烂的时刻被心上人捧在手上,却不再是寻常。

就为了这个不寻常,她可以拼上性命。

残阳似血。

罗公远走出城门，夕阳将他的影子拉得很长，很长。

蓦然，他回过头，望着巍峨的宫墙，悠然叹了一口气。

"我算得出你的命数，却改变不了你的选择。"

也许飞蛾就该扑火。

再倾城的美人儿，也会被更绝色的佳人所取代。这就是玲珑的选择，哪怕红颜枯骨，芳心破碎。

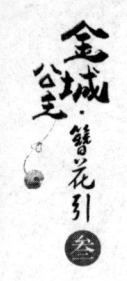

逻些王宫。

可莹坐在毛毡上，低头看着手中的竹简，眉头似乎凝成了一块冰，久久不语。底下跪着的侍女急了，不由得轻声唤道："公主……"

"年号改了，不是景龙，而是景云。"可莹将竹简使劲一收，加重了语气，"父皇何在？长安送来的这一批竹简里，还有没有其他的？"

"没有了，赞普命人拿过来的，就这么多了。"侍女们小心翼翼地说。

可莹把竹简往毛毡上一放，扶着边缘站起身来，皮袄上的珠翠哗啦垂落，互相碰出清脆的声音。她目光清冷如水，白皙的面容上一片凝重："什么时候大唐改了年号也没有人和我说。"

更改年号，这在大唐算是一件寻常事，原因有很多，或喜事，或丧事，或政事。但奇怪的是，这些书信里没有一字提及此事，这就像是刻意隐瞒了。

难道……

思及此，可莹只觉得心头猛沉，声音更急迫了："还有没有其他竹简？"

侍女支支吾吾，不知该如何回答，只能将求助的目光投向外面。

"怎么了？"善擦拉温面覆春风地踏进来，身后还跟着李轻羽，以及一名壮汉。壮汉面色黝黑，是寻常吐蕃人的打扮。

可莹忙上前，道："赞普，大唐来的书简就这么多了吗？我总觉得是不是有事瞒着我。年号更改了，原因却没人提及一句。"

善擦拉温脸色一变，转身问壮汉："还有这事？大唐来的书简，确实都送来了，应该不会有遗漏的。"

"可是，改年号是件大事……"可莹眉头紧锁，看向李轻羽，眼中充满信任之情："你怎么看？"

在一众吐蕃人中，李轻羽就如同一个异类。他不肯穿吐蕃服饰，还是大唐装扮。此时，他也眉头紧锁，似有难言之隐。

"拿给我看。"李轻羽伸出手。

可莹忙将床榻上的竹简递了过去："其他书简都没有问题，就这一卷，上面的年号改了。"

李轻羽将竹简展开，目光落在上面，目光微微一凝，一双俊眉迅速锁起。

尚未开口，壮汉已经抢过话头："公主，这年号没有改，是你看错了！"

"啊？"可莹惊讶。

不可能啊，她明明看得很清楚……

"不信你看。"壮汉将竹简从李轻羽手里一把夺过，递到可莹手中。可莹拿过一看，果然，落款的年号并不是"景云"，而是"景龙"！

可莹茫然："难道我真的看错了？"

"是啊，可莹，你一定是看错了。"善擦拉温柔声说，"别想太多了，下午还要教导侍女们学习纺织，你不去可不行。"

可莹点了点头，将竹简收起来："我知道了。"

"我还有点儿事务要处理，你先忙吧。"善擦拉温目光闪烁，转身离开，步伐有些凌乱。

走到宫室外，他回头看了看身后无人跟上来，才懊恼地一拳打在柱子上。

方才的满面春风，已经换了愁容，他轻轻叹了一口气，说："差点儿露馅，要到什么时候才能让公主知道大唐皇帝驾崩的事呢？"

前几日，大唐传来一批书简，善擦拉温立即翻阅，知道唐中宗驾崩的消息后，就决定要瞒着可莹。那是她好不容易才得到的一点儿温情，就这样骤然失去，她一定经受不住打击。

所以，善擦拉温立即下令，将这批书简调换。然而百密一疏，他忘记把其中一卷的年号更改过来，差点儿被可莹看出破绽。

如今的大唐，唐睿宗登基，将李隆基立为太子。那座皇宫里，估计又会掀起一场腥风血雨吧。

"赞普，你这样总是瞒着公主，也不是长久之法。"善擦拉温身后的壮汉

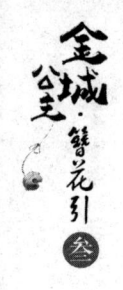

突然开了口。

善擦拉温转过身,眯了眯眼睛:"可是,我不想让她受到一丝伤害。"

他发过誓,为她遮风挡雨,让她免遭风霜侵袭,不流一滴眼泪。眼下这个时候,还是先瞒着她……

一念未落,眼前忽然站着一个人。

善擦拉温惊讶地看着面覆寒霜的李轻羽,惊讶道:"你……"

李轻羽冷冷地看向善擦拉温身后的壮汉,开了口:"罗公远,好久不见。"

壮汉一脸尴尬,伸手往脸上一抹,立即露出了原本俊朗的少年面容,正是罗公远。

"咳咳,阔别多日,没想到我还是瞒不过你。"罗公远摇头叹息。

李轻羽扫了他一眼:"能在公主眼皮子底下偷天换日,也只有你罗公远了。拿来吧!"

"什么?"

"方才你把真的竹简藏起来,给了公主一卷假竹简,骗她说年号没改。你们到底要瞒到什么时候。"

善擦拉温急了:"李轻羽,你知道这个消息对公主来说意味着什么吗?你真的要让她伤心?"

"她总有一天会知道真相,到时候将会是更大的伤害。"李轻羽垂了眼睫,"瞒得了一时,瞒不过一世。"

善擦拉温怔了怔,望向远方。这里有最高远的天空,最澄澈的云,容不下一丝杂质,也容不下一丝欺瞒。

"给他吧。"善擦拉温说。

罗公远眼角微微发红,从腰中掏出一卷竹简,递给李轻羽。李轻羽拿着竹简,迈步往回走去。

不多时,宫室里传来茶碗落地的清脆声响。接着,可莹悲伤的哭声隐约传来,明显在压抑着。

她失去的是什么，所有人都知道。

善擦拉温僵立着，顿了顿才对身后人下令："公主身体不适，不参加下午的纺织会了。还有，让所有侍女都退下去。"

侍女们面露疑色："是，赞普。可是所有的侍女都退下去，那岂不是无人侍奉公主了？这不合规矩……"

"无妨。"善擦拉温转身，望了一眼宫室，"就让她痛痛快快地、旁若无人地哭一场吧。"

天色渐晚，这个夜晚，注定会被泪水浸透。

人生总有别离，总有伤痛，多情就会多忧。就连统领吐蕃这片广袤天地的他，也做不到万无一失。他能做的，只有让她自由自在。

——全文终——

为中国女生量身打造优质课外读物

文◎《意林·小淑女》书系总策划 阿 朱

2010年1月,意林集团专门为女孩量身定做的读物《意林·小淑女》诞生了。创办之初,《意林·小淑女》旗帜鲜明地打出口号——"女孩都是小淑女,小MM陪你优雅过花季"。"淑女"取意为"内心美好、品质优秀的女孩",明确为中国8~18岁的优质女孩服务,以"帮助女孩在快乐阅读中提高文学修养和综合素质"为宗旨,坚持"纯正、阳光、向上"的风格导向,内容着眼于"青春、梦想、成长、励志",以期打造全新的、真正适合女孩阅读的健康课外读物。

凭借这样的精准定位和独特理念,《意林·小淑女》上市后,很快赢得女孩们的喜爱,在校园中引起巨大反响,女孩们表示:"终于有女生的专门读物了!超级好看!"家长和老师也纷纷给出"孩子看后成长了很多""孩子的作文水平明显提高了"之类的积极反馈。2011年6月,在读者的热烈要求下,《意林·小淑女》在坚持宗旨、质量不变的前提下,出版频率加快,由原来的每月一期增加为每月两期;同年10月,《意林·小淑女》月发行量突破50万册,潜在读者超过80万人,其作为优质女孩喜爱的健康课外读物的地位逐渐形成,而迅猛增长的销售业绩也引来业界极大关注,开始得到一些同行的模仿和追随,市面上类似风格的女孩读物相继出现(当然,最后能经得住市场检验的很少)。

2010年7月,《意林·小淑女》开始涉足图书出版领域,编辑部陆续推出《蔷薇少女馆(全套)》《迷藏(Ⅰ~Ⅳ)》《悠莉宠物店(全套)》《七寻记(Ⅰ~Ⅵ)》《钢琴小淑女(第一季~第六季)》《星愿大陆(①~⑩)》《现在是女生时代(①~⑥)》及"浪漫星语"十二星座小说系列等数十种图书,这些书在全国中小学校园中广为流传,无数小读者为之痴迷、陶醉,"《意林·小淑女》出品的图书本本畅销"这一观点也成为众多书店、经销商的共识。"《意林·小淑女》现象"逐渐成为一种社会现象,为各方所津津乐道。

2012年,创办满两周年的《意林·小淑女》步入加速发展轨道,编辑部创造性地提出"女生文学"概念,并将之上升到与儿童文学、青春文学并列的重要文学形态,《意林·小淑女》专注于为成长中的女孩服务的想法也更加清晰,编辑部计划在未来几年内,以每年出版几十种新书的速度,采用短篇文集、长篇小说、原创漫画、故事绘本等多种类型齐头并进的形式,为女孩们提供一批有规模、有质量、有品位的精品读物,打造中国女生喜爱的文学品牌。

在2012年7月之后出版(或修订)的所有《意林·小淑女》"淑女文学馆"系列新书中,我们都会特别放置这篇名为《为中国女生量身打造优质课外读物》的文章,来阐述我们对于建设中国女生文学以及推动女生健康阅读的崭新理念与思考。

★女生一定要选择适合自己的女生文学读物

首先,什么是女生文学?

《意林·小淑女》所定义的女生文学是指专门为女孩(特指 8~18 岁女孩)创作并适合女孩阅读的、符合女孩心理特点和审美要求、有利于女孩身心健康发展的各种文学作品。简单来说,就是所有适合女孩阅读的健康课外读物。

目前,国内未成年人的文学阅读笼统地分为儿童文学、青春文学等大类,市场上很难找到专门针对女孩创作的有规模、系统化的读物。事实上,女孩和男孩的大脑结构不同,思维方式、理解能力、审美要求不同,在阅读上也要区分性别,选择不同的读物。

《意林·小淑女》系列读物立足于女孩性别特点,专门为女孩量身打造,是专属于女孩们自己的读物,合乎年纪,合乎趣味,外观时尚、唯美、优雅,内容纯正、阳光、向上,是真正适合女孩阅读的健康课外读物,带给女孩全新的阅读体验。

★女生通过阅读女生文学读物提升写作能力,获取成长养分

8~18 岁正是快速吸收养分、奠定阅读基础的黄金年龄,对于女孩一生的成长至关重要。《意林·小淑女》提倡女生文学要打破市场常规,"从低幼儿童文学及少女言情中解放出来",以深浅适度、风格纯正、健康向上、可读性与文学性兼具的内容,帮助女孩在快乐阅读中提高阅读理解能力、作文写作能力,汲取成长经验、成长智慧,全面提升素质。

在故事类型上,《意林·小淑女》系列读物既有贴近女孩生活和心灵的校园故事、成长故事、亲情友情故事等,又有极富想象力的冒险故事、幻想故事等,每篇文章的选取都将标准锁定为"题材新颖、内容阳光、主题积极向上、文风优雅纯正",并坚持拒绝浅薄幼稚、庸俗无聊、花哨言情等无内涵的文章。女孩们在健康文学的长期熏陶下,语感增强了,素材丰富了,思维开阔了,自然能做到心中有故事、下笔有话说,不再为作文犯愁;同时,这些文章里蕴含的温暖励志内核,诸如阳光、善良、真诚、包容、坚强、勇敢、善解人意、独立有主见等精神,都能激发女孩正面心态的能量,帮助她们成长为内心强大的女孩,为将来的人生打底。

★女生文学读物要品质化、品牌化、系统化

《意林·小淑女》创办的时间不长,但读者的忠诚度、信赖度和美誉度在国内首屈一指,已经形成明显的品牌优势,它集"好看""清新""唯美""阳光""优雅""品位"等各种美好感觉于一身,始终以女孩的阅读感受为根本,全心全意为女孩服务,专心致志打造一流读物、精品读物。

读者的认可和喜爱,得益于《意林·小淑女》对文稿质量近乎苛刻的严格把关。为《意林·小淑女》供稿的作者,既有实力派中青年儿童文学作家,又有青春新锐派文学作者，编辑部每月收到近千封来稿，经过反复筛选、修改、优中选优，最终确定30篇左右刊出；对于长篇图书出版，编辑部始终坚持"用心、专业、永续经营"的理念，不追求过度商业化、批量化生产，每一本书稿都精雕细琢、反复打磨，已出版的每一本图书几乎都成为业内畅销书经典，而《意林·小淑女》所倡导的女生文学概念及标准也成为业内标杆，引来众多同行追随。

除此之外，编辑部与一大批有潜力的青年作者建立了长期的独家合作关系，这些作者通过《意林·小淑女》、网络、电话、读者见面会等各种渠道，常年坚持在第一线与读者互动，倾听读者心声，保持创作活力源源不断。目前《意林·小淑女》独家签约作者的队伍仍在不断壮大，我们希望用几年甚至十几年的时间，形成有较大社会影响力的专业化女生文学创作基地。

为避免女孩因为阅读口味单一而造成阅读面、知识面过于狭窄，《意林·小淑女》除了做好文学类图书外，也努力开发适合女孩阅读的其他类别读物，比如励志、科普、时尚、生活类选题，同时力求经营品种以及传播途径上的多样化，依托原创精品内容，开发数字化传播、动漫、影视、游戏、周边产品、女生网络社区等，做好精品故事的深度经营，构筑全产业链发展模式。在销售渠道上，除传统的零售、邮局、校网等，我们逐渐在各地设立女生文学专柜和品牌专卖店，力争让读者随手可取，购买方便。

★为女孩营造愉快的阅读体验

《意林·小淑女》系列读物无论在内容还是包装上都具有较高的辨识度，为了方便读者寻找，我们对2012年7月之后出版（或修订）的新书做了统一规划：

○认准独家标志

《意林·小淑女》出品的所有图书，在腰封和封底上都有"意林""Mini Miss出品·女生文学"的独家标志（图1）；在书脊上，除了"意林"以及"Mini Miss"字体logo外，每本书还特别放置了"封面女孩"形象（图2），便于读者辨认和收藏；在前、后勒口上，每本书都有"纯正、阳光、向上，为中国女生量身打造优质课外读物"的字样（图3）。

图1

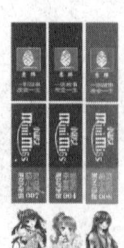

图2

图3

○**识别编号**

《意林·小淑女》出品的所有图书都将逐渐归于"淑女文学馆""淑女漫绘馆""淑女励志馆""淑女风尚馆""淑女生活馆"等特色馆(新馆不断添加中),每本书都有属于自己的编号,比如:

代表这本书所属类别是淑女文学类,编号为冒险励志系列004,即此系列的第四本书,在这本书之前,自然已经出版了001、002、003,后面也会有005、006、007……陆续上市;图书封底的总编号则代表了这本书在《意林·小淑女》所有出品图书中的总排序。

○**女孩特色包装**

每本图书都会配备一张淡雅的紫色或粉色前衬页,上面印有"意林"及"Mini Miss"字体logo;在小说类单色印刷的图书中,会加有4页铜版纸彩色插图页,第一页的"淑女宣言"(图4)代表了《意林·小淑女》所提倡的优质女孩精神,第四页则标明了本书所属的系列及编号(图5)。

图4

图5

我们目前所使用的字体、字号以及行距,是在经过大量调查研究和多次测试后确定的,适合成长中的女孩阅读,每一页的内容既充实,又不至于给读者造成阅读疲劳。

所有的一切都是为了给成长中的女孩提供价值导向健康、养分丰富、品质优良的课外读物,营造愉快的阅读体验,我们希望以传媒人"有爱有担当"的社会责任感和"一生只做一件事"的专注精神,不遗余力地建设女生文学,推动女生阅读向前发展,全力打造中国女生喜爱的文学品牌!

心怀美好，向阳生长，
每个女孩都是自己的公主

在历史的漫漫长河中，几百位公主曾闪耀登场过，她们或单纯，或傲娇；她们或集万千宠爱于一身，或被不公对待；她们的故事或被后人铭记，或淹没在时间的洪流中。

曾经的她们都有着至高的权力，都拥有不平凡的一生。所谓欲戴王冠，必承其重；欲握玫瑰，必承其痛。公主们从一出生，就肩负着皇族的责任和使命，就要面对比常人更凶险的命运。但即便前路未知，这些公主们依然竭尽所能，认认真真地绽放出生命的精彩。

《意林·小淑女》"公主天下"系列，写尽古代那些可歌可泣、可圈可点的公主们的故事，愿读到这些故事的女孩们，可以从中汲取到自信、勇敢、坚强的力量，成为令自己骄傲的优雅公主。

杂草公主

花团：山野长大的前朝公主，入宫后依然葆有质朴的真性情，如狗尾巴草一般倔强生长，在暗流涌动的深宫里留下一段荡气回肠的传说。

巾帼公主

李秀宁：不爱红妆爱武装，胸怀天下，胆略过人，统领千军万马助父建帝业，成就一代女杰。

义勇公主

朱婉：街头乞儿变身冒牌公主，历经磨难，勇敢蜕变，国破之下柔肩担道义，在战火纷飞的乱世中力挽狂澜，谱写燕国公主传奇。